Collection dirigée par Hélène Potelet et Georges Décote

La Seconde Guerre mondiale

Anthologie

classiques Hatier

W0294350

Paris 2005
ISBN 2-218-**75120**-8
ISSN 0184 0851

Ariane Carrère,
certifiée de lettres modernes

HATIER

Sommaire

Introduction

La Seconde Guerre mondiale

Avec la Seconde Guerre mondiale, l'homme découvre les conséquences du fanatisme, l'horreur absolue, la déportation et « la solution finale ». Les récits qui couvrent cette période privilégient l'expérience personnelle qui devient alors un miroir de l'Histoire et tentent de raconter l'innommable. Le paradoxe de cette littérature est de raconter et témoigner d'une expérience incommunicable à ceux qui ne l'ont pas partagée.

Autobiographies et textes de fiction

Ce thème alimente aussi bien la littérature-témoignage que la littérature de fiction, ce que nous avons cherché à mettre en évidence dans cet ouvrage. Les textes sont nombreux et le choix ne s'est pas fait sans difficultés ni hésitations. Cet ouvrage ne prétend pas être exhaustif, loin de là ; il donne un aperçu de la littérature issue de la période 1939-1945.

• Les textes autobiographiques se présentent sous forme de récits, de journaux, de lettres écrits à la première personne ; on peut y ajouter poèmes et discours.
L'auteur qui est aussi le narrateur et le protagoniste raconte les événements de sa vie ou ceux dont il a été le témoin.
À côté de textes rédigés au jour le jour, tels le *Journal d'Anne Frank* et les *Lettres* de Boris Vildé, d'autres récits reconstruisent après coup le souvenir par l'écriture comme ceux de Romain Gary, Primo Levi ou Jorge Semprun. Certains auteurs livrent leur expérience immédiatement après la guerre comme Primo Levi ou W. Szpilman qui publient respectivement *Si c'est un homme* en 1947 et *Le Pianiste* en 1945. En revanche, d'autres écrivains attendent longtemps avant de livrer au public leur histoire comme Jorge Semprun dont le récit a paru en 1994 ou Irène Opdyke dont *Les Mémoires d'une juste* n'est publié qu'en 1999. L'histoire personnelle vécue par l'auteur devient alors le miroir de l'Histoire contemporaine.

• Les textes de fiction, romans, pièces de théâtre renvoient à l'Histoire, racontent des faits authentiques et introduisent des événements vécus par les auteurs ou leurs proches ; ainsi Fred Uhlman, Hans Peter Richter et Robert Bober évoquent dans leurs romans des souvenirs bien précis.

Le récit de Kressmann-Taylor, écrit en 1938, est, lui, une mise en garde contre le nazisme.

• Le point commun de tous ces textes autobiographiques ou fictifs est de dénoncer l'horreur de cette guerre et de stigmatiser le nazisme, que leurs auteurs soient Allemands, Polonais, Français, juifs ou non. Autobiographies ou fictions, les textes veulent informer, transmettre une expérience et émouvoir le lecteur. À côté de textes français, des textes de littérature étrangère témoignent du caractère mondial de cette littérature de guerre : écrivains allemands, polonais, italiens, américains ont leur place.

Les motifs et les enjeux

• Différents motifs parcourent l'ouvrage :
- la vie d'avant-guerre avec la confiance en la patrie, la montée du nazisme en Allemagne, l'amitié, parfois déçue ;
- la guerre avec les invasions, les déportations, la Résistance, le débarquement, la Libération des camps ;
- l'après-guerre avec les retours de déportation, la reconstruction d'une vie ;
- à côté de partisans d'Hitler, apparaissent des Allemands qui ont été trompés par le nazisme.

• Pourquoi écrire sur cette période douloureuse ?
Les raisons en sont diverses et complémentaires :
- le nazisme et la guerre furent le cadre de l'enfance ou de l'adolescence d'auteurs qui témoignent ainsi d'une expérience vécue ;
- écrire peut aussi être un devoir envers la mémoire familiale : ainsi pour Jean-Claude Grumbert, l'enjeu de *L'Atelier* est d'écrire une pièce comique « sur la mort de mon père » ;
- d'autres écrivains veulent témoigner de l'horreur et transmettre leur expérience en essayant de dire « l'invivable » selon les mots de Semprun ; il s'agit de faire connaître au monde la réalité de la guerre et du nazisme afin que nul ne l'oublie ;
- on peut aussi écrire pour exorciser l'horreur.

La fonction de cette littérature est de garder la mémoire des événements tragiques qui se sont déroulés en faisant partager au lecteur l'expérience, les émotions, les peurs de l'auteur ou du narrateur.

Quelques dates clés

• 30 janvier 1933	Hitler devient chancelier d'Allemagne.
• 20 mars 1933	Le camp de concentration de Dachau est ouvert (extraits p. 122, 127, 132).
• Août 1934	Le président Hindenburg meurt. Hitler cumule les fonctions de Président et Chancelier du Reich.
• 15 septembre 1935	Les lois de Nuremberg privent les juifs de la plupart de leurs droits (extrait p. 15).
• 12 mars 1938	L'Allemagne envahit l'Autriche et le 13 l'*Anschluss* (annexion) est proclamée (extrait p. 117).
• 1er septembre 1939	La Pologne est envahie (extrait p. 23).
• 3 septembre 1939	La France et la Grande-Bretagne déclarent la guerre à l'Allemagne.
• Mai et juin 1940	L'Allemagne envahit la Belgique, les Pays-Bas et la France (extrait p. 27).
• 18 juin 1940	Le Général de Gaulle appelle à continuer la lutte (extraits p. 76 et 81).
• 22 juin 1940	Le Maréchal Pétain signe l'Armistice.
• 7 décembre 1941	Le Japon bombarde Pearl Harbour et les États-Unis entrent dans la guerre.
• 16-17 juillet 1942	La police française opère une rafle et arrête les juifs ; c'est ce qu'on appellera la rafle du Vel'd'Hiv (extrait p. 53).
• Novembre 1942	La « zone libre » en France est occupée (extrait p. 34).
• 19 avril 1943	L'insurrection du Ghetto de Varsovie éclate.
• 6 juin 1944	Le Débarquement a lieu en Normandie (extraits p. 139 et 144).
• 20 juillet 1944	Un attentat contre Hitler se produit dans son quartier général (extrait p. 124).
• 25 août 1944	Paris est libéré (extrait p. 62).
• 27 janvier 1945	Les Russes libèrent Auschwitz.
• 29 avril 1945	Le camp de Dachau est libéré (extrait p. 148).
• 30 avril 1945	Berlin est assiégé et Hitler se suicide dans son bunker.

La Seconde Guerre mondiale

(Anthologie)

Pablo Picasso (1881-1973), *La Guerre*,
huile sur isorel, 1952, Musée Picasso, Vallauris.

Extrait 1

L'Ami retrouvé

F. Uhlman

Fred Uhlman (1901-1985) est né à Stuttgart, en Allemagne. Fils d'un médecin d'origine juive, il fait des études de droit et devient avocat. En 1933, il est contraint de quitter son pays pour fuir le nazisme et gagne Paris où il reste quelque temps avant de partir pour l'Espagne puis pour l'Angleterre où il s'installe en 1938. C'est dans ce pays qu'il refait sa vie. Dans L'Ami retrouvé, *écrit en 1960 et publié en 1971 en Grande Bretagne, l'auteur évoque ses souvenirs à travers l'histoire de Hans Schwarz, le narrateur, et raconte une époque qui a vu monter le nazisme. Le récit commence en février 1932 ; Hans a seize ans et vit à Stuttgart avec sa famille. Le texte est un extrait du chapitre IX dans lequel le narrateur exprime son attachement à l'Allemagne : « les Schwarz avaient vécu à Stuttgart depuis deux siècles au moins, et peut-être depuis bien plus longtemps ».*

Tout ce que je savais, c'est que c'était là, ma patrie, mon foyer, sans commencement ni fin, et qu'être juif n'avait fondamentalement pas plus d'importance qu'être né avec des cheveux bruns et non avec des cheveux roux. Nous étions Souabes[1] avant toute chose, puis Allemands, et puis Juifs. Quel autre sentiment pouvait être le mien, ou celui de mon père, ou celui du grand-père de mon père ? Nous n'étions pas de ces pauvres « Pollacken[2] » qui avaient été persécutés par le tsar[3].

1. Habitants de la Souabe, région historique d'Allemagne à cheval sur l'ouest de la Bavière et le Bade-Wurtemberg.
2. Mot allemand signifiant polonais.
3. Titre porté par les souverains de Russie.

Bien entendu, nous n'aurions pu ni voulu nier que nous étions « d'origine juive », pas plus que quiconque eût songé à nier que mon oncle Henri, que nous n'avions pas vu depuis dix ans, fût un membre de la famille. Mais cette « origine juive » ne se manifestait guère plus d'une fois l'an, le jour du Grand Pardon[4], où ma mère se rendait à une synagogue[5] et où mon père s'abstenait de fumer et de voyager, non parce qu'il croyait au judaïsme, mais parce qu'il ne voulait pas blesser les autres dans leurs sentiments.

Je me rappelle encore une violente discussion entre mon père et un sioniste[6] venu faire une collecte pour Israël. Mon père détestait le sionisme[6]. L'idée même lui paraissait insensée. Réclamer la Palestine après deux mille ans n'avait pas pour lui plus de sens que si les Italiens revendiquaient l'Allemagne parce qu'elle avait été jadis occupée par les Romains. Cela ne pouvait mener qu'à d'incessantes effusions de sang car les Juifs auraient à lutter contre tout le monde arabe. Et, de toute façon, qu'avait-il, lui, citoyen de Stuttgart[7], à voir avec Jérusalem ?

Quand le sioniste nomma Hitler et demanda à mon père si cela n'ébranlait pas sa confiance, mon père répondit : « Pas le moins du monde. Je connais mon Allemagne. Ce n'est qu'une maladie passagère, quelque chose comme la rougeole, qui disparaîtra dès que s'améliorera la situation économique. Croyez-vous vraiment que les compatriotes de Goethe[8] et de Schiller[9], de Kant[10] et de Beethoven[11], se laisseront prendre

4. Fête juive (voir « Se documenter », p. 13).
5. Édifice où est célébré le culte israélite.
6. Mouvement dont l'objet fut la constitution d'un État juif en Palestine ; vient de Sion, nom d'une montagne de Palestine. Sioniste : partisan de ce mouvement
7. Capitale du Bade-Wurtemberg.
8. Écrivain allemand (1749-1832), auteur entre autres des *Souffrances du jeune Werther* et de *Faust*.
9. Écrivain allemand (1759-1805), auteur de drames historiques qui influença les romantiques français.
10. Philosophe allemand (1724-1804).
11. Compositeur allemand (1770-1827), dont l'une des œuvres les plus célèbres est la *Neuvième Symphonie*.

à cette foutaise ? Comment osez-vous insulter la mémoire de douze mille Juifs qui sont morts pour notre pays ? *Für unsere Heimat* ? [12] »

Quand le sioniste traita mon père de « partisan typique de l'assimilation[13] », mon père répondit fièrement : « Oui, je suis pour l'assimilation. Quel mal y a-t-il à cela ? Je veux être identifié à l'Allemagne. J'approuverais certainement la complète absorption des Juifs par les Allemands si j'étais convaincu que ce serait pour l'Allemagne un profit durable, mais j'en doute quelque peu. Il me semble que les Juifs, en ne s'intégrant pas complètement, agissent encore comme catalyseurs, enrichissant ainsi et fertilisant la culture allemande, comme ils l'ont fait dans le passé. »

À ces mots, le sioniste bondit. C'était plus qu'il n'en pouvait supporter. Se frappant le front de l'index droit, il s'écria d'une voix forte : « Complètement *meschugge*[14] », rassembla ses brochures et disparut, se frappant toujours le front du doigt.

Je n'avais jamais vu mon père, pacifique et calme à l'ordinaire, si furieux. Pour lui, cet homme était traître à l'Allemagne, la patrie pour laquelle mon père, deux fois blessé dans la Première Guerre mondiale, était prêt à se battre de nouveau.

Fred Uhlman, *L'Ami retrouvé*,
traduction de Léo Lack, coll. « Folio »,

12. Phrase allemande signifiant « pour notre patrie ».
13. Ici, processus par lequel les juifs perdent leur spécificité pour se fondre dans le pays dans lequel ils habitent. Celui qui s'assimile s'efforce de ressembler à ceux parmi lesquels il vit.
14. Mot yiddish signifiant fou.

Repérer et analyser

La situation d'énonciation et la valeur des temps

– Tout énoncé (dans la vie réelle comme dans la fiction) est produit dans une situation d'énonciation précise. Il convient d'identifier l'énonciateur (celui qui a émis l'énoncé), le destinataire, le lieu, le moment et les circonstances dans lesquels l'énoncé a été produit.
– L'auteur est celui qui a écrit le livre alors que le narrateur est celui qui raconte l'histoire.
– Le narrateur peut être ou non personnage de l'histoire selon qu'il mène le récit à la 1re ou à la 3e personne).
Lorsqu'il mène le récit à la 1re personne, le pronom « je » peut représenter l'auteur qui raconte sa propre histoire (récits autobiographiques) ou un personnage narrateur différent de l'auteur.

1 Qui est le narrateur ? Est-il ou non un personnage de l'histoire ?

2 Quel est le temps principalement utilisé dans cet extrait ? À quel moment renvoie-t-il ?

3 **a.** « Je me rappelle » (l. 18) : ce présent renvoie-t-il au narrateur adulte (le moment de l'écriture) ou au narrateur enfant (le moment du souvenir) ?
b. Quelle est la valeur de ce présent (narration ou énonciation) ?

Le cadre historique et les personnages

Un certain nombre de romans, notamment au XXe siècle se présentent comme les témoignages d'une époque. À partir d'un arrière-plan historique authentique, les écrivains racontent des événements fictifs souvent inspirés de leur vécu.

4 Dans quel pays le narrateur habite-t-il ? Dans quelle ville ? Relevez dans le texte et le hors-texte les indices qui vous permettent de répondre. Précisez le contexte historique.

5 Le narrateur a-t-il reçu une éducation religieuse ? Quelle fête ses parents observent-ils ? Son père est-il croyant ? Relevez la phrase qui l'indique.

6 Quelle importance la famille Schwarz accorde-t-elle au fait d'être juive ?

7 La métaphore et la comparaison

– La comparaison met en relation deux éléments, le comparé (élément que l'on compare) et le comparant (élément auquel on compare) pour en souligner le point commun. La comparaison est introduite par un outil de comparaison (« comme », « tel que », « ressembler à »). Ex : « La mer est comme un miroir ».
– La métaphore met en relation deux éléments sans outil de comparaison. Ex : « La mer est un miroir ».

Quelle métaphore-comparaison le narrateur utilise-t-il pour caractériser Hitler et ses idées ?

8 Relevez le terme familier qu'il utilise suite à l'égard de ce personnage. Quel est l'effet produit ?

Les paroles rapportées

Dans un récit les paroles des personnages peuvent être rapportées de trois façons : au style direct, à l'aide de guillemets ; au style indirect, à l'aide d'un verbe de parole introducteur suivi d'une proposition subordonnée ; au style indirect libre, où les paroles du personnage sont intégrées au récit sans verbe introducteur ni mot de subordination.

9 Dans le passage consacré à la discussion entre le père du narrateur et le sioniste, identifiez les trois façons de rapporter les paroles. Quel est l'effet produit par ces variations ?

Identité et conscience patriotique

10 **a.** Que représente l'Allemagne aux yeux du narrateur ? Appuyez-vous sur des termes précis au début de l'extrait.
b. « Nous étions Souabes… Juifs » (l. 4-5) : quelle progression remarquez-vous dans cette phrase ? Quel est le connecteur (mot de liaison) utilisé ? Quel est l'effet produit ?

La portée du passage

11 **a.** Le père du narrateur fait-il preuve de lucidité sur le plan politique ? Justifiez votre réponse.
b. Montrez que son attitude explique en partie la déportation et la mort de la population juive allemande.

Se documenter

Le Grand Pardon (Yom Kippour)

Le Grand Pardon est une fête marquée par un jour de jeûne et de prière. Cette date marque le paroxysme des dix jours de pénitence qui ont suivi la fête de Roch Hachana (nouvel an juif).
Yom Kippour permet à l'être humain d'obtenir le pardon divin pour ses fautes et donc de s'en libérer pour bien commencer la nouvelle année.

Le sionisme

Les juifs, chassés de Palestine par les Romains au premier siècle après Jésus Christ, n'avaient plus de patrie et se sont dispersés. À la fin du XIXe siècle, après la vague d'hostilités ayant déferlé en Russie, en Pologne et en France (après l'affaire Dreyfus), un journaliste hongrois d'origine juive, Theodor Herz (1860-1904) arrive à la conclusion qu'il est illusoire pour les juifs de chercher leur salut dans l'assimilation et qu'ils doivent posséder leur propre État. Le mouvement sioniste se donne donc pour objectif d'établir en Palestine un territoire réservé aux juifs dans la perspective de leur assurer une sécurité définitive, compte tenu des persécutions dont ils étaient victimes.

Extrait 2

Mon Ami Frédéric

H. P. Richter

Hans Peter Richter est né en 1925 à Cologne en Allemagne. Psychosociologue, il a aussi écrit plusieurs romans, parmi lesquels J'avais deux camarades *et* Mon Ami Frédéric. *Dans ce dernier roman, paru en France en 1963, l'auteur évoque, en y mêlant ses souvenirs d'enfance, l'amitié entre deux enfants, nés, comme lui, en 1925. L'un est le narrateur, l'autre est Frédéric, qui est juif.*

Hitler devient chancelier du Reich en 1933 et dès lors les juifs subissent humiliations et persécutions; ainsi le 12 novembre 1938, les théâtres, cinémas, salles de concert et d'expositions leur sont interdits. Dans cet extrait situé en 1940, le narrateur a rendez-vous avec Frédéric pour aller au cinéma voir Süss le juif*; ainsi que le précise le narrateur au début du chapitre, « On donnait ce film depuis huit semaines déjà » car ce « film qui avait tant fait parler et tant fait couler d'encre attirait forcément tout le monde ».*

Dans mon groupe de « Jeunesse hitlérienne[1] » on m'avait déjà rappelé à l'ordre une fois parce que je fréquentais un Juif. Depuis nous fixions nos rendez-vous à des endroits où nous ne craignions pas de rencontrer des gens de connaissance.

– J'ai regardé les photos, dit Frédéric, et je suis bien content que tu m'emmènes. Tout seul je n'aurais pas osé y aller.

Tandis qu'il lisait les comptes rendus affichés sur les panneaux, j'allai à la caisse. Sous le tableau des prix s'étalait la bande : « Interdit aux moins de quatorze ans. »

1. Organisation de la jeunesse allemande qui avait pour but de l'encadrer et de l'éduquer sous le régime nazi.

Je pris deux entrées. Il fallait parfois montrer sa carte d'identité à la caisse et on ne vous laissait pas entrer si vous n'aviez pas quatorze ans, mais cette fois personne ne me demanda ma carte. C'était justement ce que Frédéric redoutait, nous avions bien tous les deux quinze ans déjà, mais Frédéric ne possédait qu'une carte d'identité juive.

– Les as-tu ? me demanda-t-il à voix basse en regardant autour de lui d'un air craintif.

Je fis oui de la tête et je m'approchai lentement de l'entrée, les deux tickets à la main, avec une assurance feinte. Frédéric me suivit, mais s'arrangea pour que je le masque aux regards de la personne qui vérifiait les tickets. Elle non plus ne demanda pas les cartes d'identité, elle ne nous regarda même pas, murmurant d'une voix routinière :

– À gauche, s'il vous plaît !

Elle nous laissa entrer. Frédéric poussa un soupir de soulagement.

– Cette comédie me met mal à l'aise ; mais un film de ce genre a vraiment de l'importance pour moi.

Nous pénétrâmes dans la pénombre de la salle, là une ouvreuse nous conduisit à nos places. Frédéric la remercia fort courtoisement, elle eut un sourire amical. Il était encore très tôt et nous trouvâmes une bonne place au milieu de la rangée bien en face du rideau. Quelques spectateurs seulement occupaient d'autres rangs, mais Frédéric regarda tout autour de lui avant de s'asseoir dans son fauteuil. Puis il étira ses jambes et prit plaisir à s'installer dans ce fauteuil confortable et rembourré.

– C'est la première fois que je vais au cinéma depuis la mort de Maman, murmura-t-il. Et quel film ! Je suis heureux que Maman n'ait pas vécu les événements de ces deux dernières années. Cela ne va pas à la maison, mais pas seulement à cause de la guerre.

La salle s'emplissait peu à peu. À droite et à gauche les places étaient maintenant occupées. En ce début d'après-midi, l'assistance était essentiellement composée de jeunes. Les ouvreuses fermèrent les portes; on attendait l'extinction des lumières... Le grand éclairage central flamboya soudain et une voix se fit entendre dans le haut-parleur:

– Les jeunes sont priés de préparer leur carte d'identité.

Frédéric avait blêmi, il s'agitait, inquiet, sur son siège. Il observa l'ouvreuse, puis ses yeux mesurèrent du regard notre rangée. Je le calmai:

– Qu'as-tu à t'agiter? Elles vérifieront simplement si nous avons plus de quatorze ans, laisse-moi faire, tu n'auras pas besoin de montrer ta carte.

Mais Frédéric se faisait de plus en plus remarquer, nos voisins nous regardaient, cela devenait pénible. À la fin il se pencha vers moi et me dit à l'oreille:

– Il y a une chose que je t'ai cachée; nous autres Juifs, nous n'avons pas le droit d'entrer dans les salles de cinéma. C'est interdit. Si on me découvre, je file, aide-moi à disparaître.

L'ouvreuse se frayait un passage dans le rang devant nous; Frédéric hésitait encore, elle s'approcha, Frédéric bondit. « Halte! » cria-t-elle, mais il chercha à passer quand même, les jambes de nos voisins de rangée l'en empêchèrent.

L'ouvreuse le rattrapa:

– Je connais ça, fit-elle, on disparaît pendant la vérification des cartes et on revient dans la salle dès que l'obscurité se fait.

Je vins me mettre à côté de Frédéric.

– Montre-moi ta carte d'identité, ordonna l'ouvreuse à Frédéric, tu pourras aller ensuite où bon te semble.

– La voilà.

– Ce n'est pas à toi que je parle, mais à ce garçon-là.

– Nous sommes ensemble.

Ces mots m'échappèrent et je les regrettai aussitôt.

L'ouvreuse ne m'écoutait pas. Frédéric tremblait, rouge comme un coq, il bégaya :

– Je l'ai oubliée.

Mais cette explication ne pouvait convaincre l'ouvreuse.

Frédéric se fit suppliant :

– Je vous en prie, je voudrais partir, je pars de moi-même.

L'ouvreuse le toisa du regard :

– Quelque chose ne va pas ?

– Si, si, assura Frédéric.

D'un geste rapide l'ouvreuse le saisit par le revers de sa veste, plongea dans sa poche.

– Et cela, qu'est-ce que c'est ? dit-elle.

Elle tira l'étui qui contenait sa carte d'identité.

– Donnez-moi ma carte, je veux ma carte, criait Frédéric en essayant de lui arracher l'étui, mais elle se rejeta en arrière, le mettant hors de sa portée.

Frédéric se démenait comme un fou, l'ouvreuse examinait la carte. Alors son visage se fit grave, elle rendit sans hésiter sa carte à Frédéric et lui ordonna de la suivre.

Il se glissa dans le rang jusqu'à la porte latérale ; je marchais sur ses talons, poursuivi par les regards de tous les spectateurs.

Dans l'allée, l'ouvreuse prit Frédéric par le bras et le fit sortir.

Elle lui dit alors sur un ton de reproche ;

– En as-tu assez de la vie ? Tu voudrais être envoyé en camp de concentration que tu ne t'y prendrais pas autrement… Allez, sors !…

Derrière nous la lumière s'éteignait dans la fanfare triomphale des actualités.

Hans Peter Richter, *Mon Ami Frédéric*, chapitre 22,
traduction de Christiane Prélet,
Livre de poche Jeunesse, Éditions Hachette, avril 2000.

Questions

Repérer et analyser

La situation d'énonciation et le cadre historique

1 Quel est le genre du texte ? Qui en est l'auteur ?

2 À quelle personne le narrateur mène-t-il le récit ? Est-il personnage de l'histoire qu'il raconte ?

3 **a.** Mène-t-il le récit aux temps du présent ou à ceux du passé ?
b. Quel âge le narrateur a-t-il au moment de l'histoire ? Selon vous, s'est-il écoulé un certain temps entre le moment de l'écriture et le moment des événements racontés ?

4 Dans quel pays et en quelle année l'action se déroule-t-elle ? Quel est le contexte historique et politique ? En quoi y a-t-il effet de réalisme ?

Les personnages et leurs relations

5 **a.** Qui est Frédéric ? Quelles relations le narrateur entretient-il avec lui ?
b. À quelles difficultés le narrateur s'expose-t-il en entretenant cette relation ? Qui lui fait des rappels à l'ordre ?
c. Ces rappels à l'ordre l'empêchent-ils de fréquenter Frédéric ?

6 Comment qualifieriez-vous l'attitude du narrateur envers Frédéric ? Montrez par des exemples précis qu'il prend les choses en main dès le début de l'extrait et que Frédéric s'appuie sur lui.

La scène racontée

7 **a.** Dans quel lieu la scène se déroule-t-elle ? Quel film les personnages vont-ils voir ?
b. Pourquoi Frédéric veut-il absolument voir ce film ? Quels risques prend-il pour assister à la séance ?
c. Pourquoi Frédéric craint-il de montrer sa carte d'identité ? Est-ce à cause de son âge ?
d. Le narrateur connaît-il la véritable raison ? Relevez la phrase qui l'indique. Quels sentiments successifs Frédéric éprouve-t-il ?

8 Le dialogue

> Les scènes comportent souvent des dialogues. Le dialogue crée un effet de réel : le lecteur a l'illusion que la durée de sa lecture équivaut à la durée du dialogue.

a. La part du dialogue est-elle importante dans cet extrait ?
b. Quels arguments Frédéric donne-t-il pour ne pas donner sa carte ?
c. Comment l'ouvreuse réagit-elle en examinant la carte d'identité ?
d. Quel est l'effet produit par la présence du dialogue ?

9 Comment la scène se termine-t-elle ?

Le témoignage sur une époque et la visée

10 Relevez dans le texte et le hors-texte les indices soulignant l'importance du film vu par les personnages.

11 **a.** Quels événements tragiques Frédéric a-t-il vécus ? Quelle pourrait être la conséquence d'un manquement aux lois anti-juives ?
b. À partir de vos réponses, dites en quoi ce roman se présente comme un témoignage sur la condition des juifs en Allemagne à cette époque. Quel effet le narrateur cherche-t-il à produire ?

Écrire

12 Frédéric est exclu de la société allemande parce qu'il est juif. À votre tour, décrivez une situation d'exclusion à laquelle un personnage se heurte. Vous montrerez les réactions que peut engendrer cette situation et vous introduirez un dialogue argumentatif combattant l'exclusion.

Se documenter

Le juif Süss
À travers le personnage de Süss Oppenheimer, le metteur en scène Veit Harlan diabolisait en 1940 le judaïsme dans une intrigue se déroulant en 1733 à Stuttgart. Ce film servit de propagande antisémite aux nazis.

Enquêter

13 Recherchez d'autres lois anti-juives appliquées en Allemagne entre 1933 et 1940.

Lire et comparer

1. *Le Jardin des Finzi-Contini*, Giorgio Bassani

Giorgio Bassani (1916-2000) est un écrivain italien, auteur de nouvelles et de romans parmi lesquels *Les Lunettes d'or* et *Le Jardin des Finzi-Contini*, publié en 1962. Ce roman est une peinture de la société provinciale italienne sur fond de discrimination et de persécutions antisémites. L'action se situe en 1938 au moment où, à leur tour, les juifs italiens sont frappés par les mesures anti-juives déjà en vigueur en Allemagne et en Autriche. Le père du narrateur évoque ces mesures.

« Malheureusement, c'était vrai, avait-il commencé de récapituler, infatigable, le 22 septembre dernier, après le premier communiqué officiel du 9, tous les journaux avaient publié cette circulaire additionnelle du Secrétaire du Parti[1] qui parlait de diverses « mesures pratiques » à notre égard, à l'immédiate application desquelles les fédérations provinciales devraient veiller. À l'avenir, « étant, bien entendu, établies l'interdiction des mariages mixtes[2] et l'exclusion de tous les jeunes gens, reconnus comme appartenant à la race juive, de toutes les écoles d'État de n'importe quel ordre ou degré », ainsi que la dispense, pour ceux-ci, de l'obligation « hautement honorifique » du service militaire, nous autres, Juifs, ne pourrions plus faire insérer des notices nécrologiques[3] dans les quotidiens, figurer à l'Annuaire du téléphone, avoir des domestiques de race aryenne[4], ni fréquenter des « cercles récréatifs[5] » de quelque genre que ce soit. »

Giorgio Bassani, *Le Jardin des Finzi-Contini*,
traduction de Michel Arnaud,

1. Il s'agit du PNF, parti unique à la tête duquel était Mussolini.
2. Mariages entre juifs et non-juifs.
3. Notice consacrée à une personne décédée.
4. Race blanche, « pure » dans la doctrine nazie.
5. Il s'agit des clubs de tennis.

2. *Grand-peur et misère du Troisième Reich*, Bertolt Brecht

Bertolt Brecht (1898-1956) est un poète, metteur en scène et dramaturge allemand. *L'Opéra de Quat'sous* lui apporte le succès en 1928 mais la montée du nazisme le force à s'exiler. Il finit par s'installer aux États-Unis mais doit les quitter en 1947 à cause de ses idées marxistes. En 1949, il retourne à Berlin où il dirige la troupe du Berliner ensemble. Parmi ses œuvres, *Mère Courage*, *La résistible ascension d'Arturo Ui* et *Le Cercle de craie caucasien*. Dans les scènes de *Grand-peur et misère du Troisième Reich*, Brecht dépeint la situation en Allemagne depuis l'avènement d'Hitler.

LA DÉLATION

Voici le délateur, il vient
De creuser sa fosse au voisin
Mais il sait bien qu'il est connu.
Et si la rue gardait mémoire ?
Il dort très mal : dans cette histoire,
Le dernier jour n'est pas venu.

Breslau[1], 1933. Un appartement de petits bourgeois. Une femme et un homme, debout à la porte, écoutent. Ils sont très pâles.

LA FEMME : Maintenant ils sont en bas.
L'HOMME : Pas encore.
LA FEMME : Ils ont cassé la rampe. Quand ils l'ont sorti de chez lui, ils le traînaient. Il était déjà sans connaissance.
L'HOMME : J'ai simplement dit que ce n'était pas chez nous qu'on écoutait à la radio les émissions étrangères.
LA FEMME : Tu n'as pas dit que ça.
L'HOMME : Je n'ai rien dit d'autre.
LA FEMME : Ne me regarde pas comme ça. Si tu n'as rien dit d'autre, tu n'as rien dit d'autre.
L'HOMME : C'est aussi mon avis.
LA FEMME : Pourquoi ne vas-tu pas à la police déclarer qu'il n'y avait pas de réunion chez eux le samedi ?

1. Ville de Basse-Silésie, aujourd'hui Wroclaw.

Un temps.

L'HOMME : Je n'irai pas à la police. Ils l'ont traité d'une façon… De vraies brutes !

LA FEMME : Il ne l'a pas volé. Pourquoi s'occupe-t-il de politique ?

L'HOMME : Mais ils n'avaient pas besoin de lui déchirer sa veste.

LA FEMME : Sa veste n'a rien à faire là-dedans.

L'HOMME : Ils n'avaient pas besoin de la déchirer.

Bertolt Brecht, *Grand-peur et misère du Troisième Reich*,
trad. de Maurice Régnaut et André Steiger, © L'Arche Éditeur, Paris, 1974.

14 Quel est le genre du texte ? Justifiez votre réponse.

15 Dans quelle ville et à quelle époque la scène se déroule-t-elle ? Qui sont les personnages en présence ? Comment sont-ils désignés ? Qu'a voulu montrer l'auteur par ces désignations ?

16 **a.** À quelle scène les personnages assistent-ils ?
b. Quels sont les personnages désignés par les pronoms personnels « ils » et « il » dans la troisième réplique ? Quel est l'effet produit par ces désignations ?
c. Comment la violence est-elle suggérée alors qu'on ne voit pas la scène ?

17 **a.** De quoi l'homme se sent-il coupable même s'il le nie ? Comment cherche-t-il à se disculper ? Relevez l'adverbe qui cherche à minimiser son rôle.
b. Pourquoi insiste-t-il autant sur la veste déchirée ?

18 **a.** Que signifie le mot « délation » ? En quoi y a-t-il eu délation ?
b. Quelle est la visée de cette scène ? Quel type de comportement l'auteur dénonce-t-il ?

19 Lire : sur le thème de la délation, lisez, dans le même recueil, la scène 10 intitulée « Le Mouchard ».

20 **a.** Comparer : quel sentiment commun éprouvent Frédéric dans *Mon Ami Frédéric* et les personnages de *La Délation* ? Les raisons sont-elles les mêmes dans les deux textes ?
b. Comment les textes de Richter et de Bassani se complètent-ils l'un l'autre ? Quel élément d'ordre intime rapproche les personnages principaux ?

Extrait 3

Mémoires d'une juste

I. Opdyke

Irène Opdyke (1922-2003) raconte, dans Mémoires d'une juste *(autobiographie publiée pour la première fois en 1999), sa vie pendant la Deuxième Guerre mondiale. Lorsque l'Allemagne envahit la Pologne, Irena Gut a dix-sept ans et se retrouve séparée de sa famille à cause des événements. La scène se déroule à Kovno, « au fond de la Lituanie polonaise » où, en tant qu'infirmière volontaire, elle a fui avec l'armée polonaise en déroute : « De toutes mes forces, je voulais participer à l'effort général qui refoulerait les Allemands de l'autre côté de la frontière ».*

Un homme soudain a désigné la porte, d'un simple mouvement du menton, et nous nous sommes tous retournés avec une belle unanimité. Le général et son ordonnance venaient d'apparaître et restaient là, immobiles, muets, sur les marches du petit escalier.

Plus personne ne remuait un cil, dans l'attente d'une déclaration. Les blessés eux-mêmes, ceux en tout cas qui pouvaient encore bouger, ont fait l'effort de se redresser, pour mieux voir, mieux entendre. Mais la plupart étaient si faibles qu'ils n'arrivaient pas à rester debout sur leurs béquilles de fortune.

Avec les autres infirmières, nous nous étions regroupées, bien serrées pour nous tenir chaud, une portée d'oiselles figées elles aussi dans l'attente.

Le général avait visiblement négligé de se raser. L'ombre de sa barbe, sur ses joues et son menton, était uniformément blanche. Il avait l'air d'un vieux monsieur très fatigué.

Il s'est éclairci la voix et a commencé :

– Dieu vous bénisse, pour la force et le courage que vous avez montrés. Vous avez vaillamment combattu pour notre pays bien-aimé.

Il a hésité et a dégluti[1] péniblement.

– L'armée polonaise est partout en déroute[2]. (Il y avait dans sa voix comme un sanglot retenu qui nous bouleversa). Nous venons d'apprendre que les Allemands et les Soviétiques se sont partagé la Pologne. Ici, ici même, nous sommes en territoire russe, à ce qu'ils prétendent. (Sa voix s'est cassée à nouveau). Il n'y a plus de Pologne.

La foule a protesté. J'ai jeté un coup d'œil en douce aux autres infirmières. Presque toutes pleuraient sans retenue. Qu'est-ce que le général voulait dire ? Comment ça, plus de Pologne ? Est-ce que la terre que nous foulions[3] n'était pas polonaise ? Comment la terre pouvait-elle ne plus exister ?

Le général a levé la main pour obtenir à nouveau le silence.

– Le gouvernement polonais s'est exilé en Angleterre, a-t-il annoncé. Ce sera désormais notre base arrière pour partir à la reconquête de notre pays. D'ici là… (il a hésité, cherchant ses mots), vous êtes libres de partir, de vous battre dans la forêt, comme des partisans ou de rentrer chez vous.

Cette fois, sa voix s'est vraiment brisée. C'était au tour des soldats de sangloter. Ils juraient et pleuraient en même temps. Un colonel a arraché ses galons, de rage, et les a froissés dans ses mains puissantes, le visage ravagé de larmes.

Le général nous a montré la porte du magasin.

– Prenez ce que vous voulez. Prenez tout.

Il s'est redressé et a salué notre groupe. Son menton tremblait. Puis il a descendu les quelques marches, toujours accompagné comme son ombre de son ordonnance fébrile.

1. Avalé sa salive.
2. En fuite.
3. Sur laquelle nous marchions.

Ce fut, dans l'instant, un pandémonium[4] général. Tout le monde vociférait, vouant les Allemands et les Russes à tous les diables. Quelques-uns d'abord entrèrent dans le magasin, vite imités par les soldats qui s'y précipitèrent en masse. Couvertures, fusils, vêtements, bouteilles de vodka, sacs de farine, conserves de viande, et cartouches de cigarettes, tout fut pillé…

Irène Opdyke, *Mémoires d'une juste*,

Dans la campagne polonaise des femmes en costume traditionnel suivent avec attention les dernières nouvelles du pays, 1939.

4. Lieu plein d'agitation et de bruit.

Questions

Repérer et analyser

La situation d'énonciation, le cadre et le souvenir évoqué

Une autobiographie est le récit qu'une personne fait elle-même de sa propre vie. Les récits autobiographiques font référence à des lieux, des personnes, des événements réels. L'autobiographie, à la différence des textes de fiction, se caractérise par le fait que l'auteur, le narrateur, le personnage principal ne font qu'un. Le récit est mené à la première personne.

1 **a.** Qui les pronoms personnels « je » et « nous » désignent-ils ?
b. Quelle est l'activité de la narratrice ? En quoi le texte relève-t-il du genre autobiographique ? Reportez-vous au hors-texte.

2 Précisez le contexte historique et politique. Dans quel cadre la scène se déroule-t-elle ? Quel souvenir la narratrice évoque-t-elle ?

3 **a.** Quels faits le général apprend-il à l'assemblée concernant la Pologne ? Quel est l'effet produit par l'emploi du style direct ?
b. Qui le pronom « nous » désigne-t-il dans les paroles prononcées par le général (l. 23 et 25) ?
c. À qui le général fait-il allusion en usant du pronom « ils » ligne 26 ? Relevez les réactions des auditeurs en apprenant ces nouvelles.

Le regard de la narratrice et les enjeux

4 **a.** Montrez que l'arrivée et le départ du général revêtent un certain caractère théâtral. Précisez la position du général dans l'espace.
b. Quels sont les groupes qui composent l'assistance ? Montrez que l'attention est extrême. Quel est l'effet produit ?

5 Relevez les signes visibles de fatigue et de désespoir chez le général. De quoi sont-ils l'indice ?

6 « Il n'y a plus de Pologne » (l. 27) : quelle réaction cette phrase suscite-t-elle chez la narratrice ? Appuyez-vous sur des types de phrases. Selon quel style la narratrice rapporte-t-elle ses pensées (style direct, indirect, indirect libre) ?

7 En quoi le général symbolise-t-il la chute de la Pologne ? S'avoue-t-il néanmoins totalement vaincu ? Justifiez votre réponse.

8 Quelle est la portée affective et politique de son discours ?

Extrait 4

Olivier en 1940

R. Sabatier

Robert Sabatier, né à Paris en 1923, est un romancier, poète et essayiste français contemporain. Depuis 1971, il est membre de l'Académie Goncourt. Il raconte ses souvenirs d'enfance et d'adolescence à travers un personnage, Olivier, que l'on suit de roman en roman. Enfant dans Les Allumettes suédoises, *premier ouvrage de cette saga, Olivier a dix-sept ans dans* Olivier en 1940. *La guerre est là, la menace allemande se rapproche et la famille (Olivier vit avec son oncle et sa tante) décide de quitter la capitale. Mais ils ne sont pas les seuls à avoir eu cette idée… L'extrait se situe au début du roman.*

Après bien des difficultés de circulation, on approcha de la porte d'Orléans. « Gardons le moral ! » dit l'oncle Henri.

Olivier se demandait ce qu'il faisait là. Il se revit à Montmartre, rue Labat[1], un soir d'été, jouant aux billes avec ses copains tandis que les gens veillaient sur les pas de porte. Il ferma les yeux. Il eut la tête pleine des vers de Baudelaire[2] et se les récita pour lui seul, se refermant sur ce qu'il savait être la beauté, loin, fort loin de cette horreur rampante qui s'allongeait comme les tentacules d'une pieuvre.

Un cahot le fit sursauter. Les automobiles roulaient pare-chocs contre pare-chocs. La fumée noire avait disparu. La clarté éblouissait. Il ferma les yeux et plongea dans un demi-sommeil. Marguerite était parvenue à se glisser de côté,

1. C'est dans cette rue que vécut Olivier avec ses parents avant le décès de ces derniers.

2. Poète français (1821-1867), auteur des *Fleurs du Mal*.

Dessin d'enfant. ***L'exode à Fontainebleau en juin 1940*****, gouache.**
Musée national de l'Éducation, Rouen.

il sentait moins son poids. L'oncle Henri, après avoir allumé une cigarette Celtique avec une allumette-tison, baissa la vitre.

Olivier se frotta les yeux. Il se pencha pour voir le triste spectacle de la route. La campagne commençait à apparaître. Dans l'encombrement, il fallait parfois attendre dix minutes pour parcourir quelques mètres.

Où allaient les Parisiens, les gens des banlieues, et bientôt les ruraux fuyant les fermes ? Beaucoup se souvenant de leurs origines espéraient rejoindre quelque ville ou quelque village, lieu de naissance, comme des enfants cherchant refuge auprès d'une mère protectrice.

– C'est affreux ! dit l'oncle Henri, mais je préfère encore cela aux trains qui doivent être pris d'assaut et plus faciles à bombarder. Disons-nous bien qu'il y a toujours pire…

Le pire, ils le côtoyaient. Olivier vit des grappes d'enfants sur les marchepieds des autos, accrochés aux portières. Des piétons chargés de bagages dépassaient les véhicules. Les mieux lotis étaient les cyclistes qui se faufilaient. Tout ce qui roulait avait été mobilisé : autocars, camions de déménagement, voitures hors d'usage, brouettes, tricycles, tandems, motos, autobus, corbillards[3], voitures d'enfant... Leurs automobiles à bout de souffle immobilisées sur le bord de la route, les conducteurs en suppliaient d'autres de les remorquer.

– Nous sommes comme des poux, des morpions, des punaises, dit l'oncle Henri. Qui va nous écraser ?

Il se redressa, gêné par ce qu'il venait de dire, et ajouta :

– Je vous promets, je vous jure que nous arriverons à destination !

Aux véhicules des villes, s'ajoutaient ceux des campagnes. À chaque carrefour, de longues files de charrettes, de chariots, de carrioles chargés de cageots de volailles, de cages à lapins, tirés par des chevaux de ferme, souvent de solides boulonnais[4], ou des bœufs, attendaient de se glisser dans les files ininterrompues. Des chiens suivaient, des vaches attachées par le licol. Des paysans et des paysannes étaient juchés sur des monceaux de colis.

Un silence consterné régnait. Nul ne jouait du klaxon bien inutile. Parfois une dispute mais qui ne durait guère. À raison de dix kilomètres par heure, peut-être n'arriverait-on à Montrichard[5] que le lendemain. Si les accus tenaient, ce qui n'était pas sûr avec ces arrêts et ces reprises du moteur.

Robert Sabatier, *Olivier en 1940*,

3. Voitures dans lesquelles on transporte les morts lors des enterrements.

4. Cheval de trait d'une race du Boulonnais.

5. Ville du Loir-et-Cher.

Questions

Repérer et analyser

La situation d'énonciation et le point de vue

1 **a.** Identifiez le genre du texte et le statut du narrateur : est-il ou non personnage de l'histoire ?
b. Qui est le personnage principal ?

2 Le point de vue

> Le narrateur peut raconter l'histoire selon le point de vue d'un personnage.

À travers le regard de quel personnage le lecteur vit-il les événements ? Justifiez votre réponse par des exemples.

Le cadre historique et les événements

> En cinq semaines, l'avancée allemande en France entraîna la désintégration de l'armée française. Il s'ensuivit un gigantesque mouvement de panique jetant, entre le 10 mai et le 20 juin 1940, des populations entières sur les routes, avec une seule idée, gagner le Sud-Ouest ; on appela cet épisode l'Exode.

3 **a.** Pour quelle raison les habitants quittent-ils la capitale ? Où espèrent-ils se rendre ? Citez le texte.
b. Olivier quitte la ville avec des membres de sa famille ? Lesquels ?
c. Par quelle porte de Paris quittent-ils la capitale (l. 2) ? Dans quelle ville veulent-ils aller ? Citez le texte.

4 L'énumération

> L'énumération consiste à énoncer une série de termes de même nature et de même fonction grammaticales.

Relevez les deux énumérations qui soulignent l'afflux de la population sur la route. Quel est l'effet produit par l'absence de déterminant (l. 32 à 34) ou par la présence de déterminants indéfinis (l. 37-38) ? Montrez que le cortège est complètement hétéroclite (composé d'éléments variés et disparates).

5 À quelles difficultés se heurtent les fuyards ?

Le regard du personnage

> L'antithèse consiste à ménager une opposition entre deux mots, deux expressions, deux réalités. Elle permet de faire ressortir un contraste saisissant.

6 Relisez le deuxième paragraphe.

a. Quelle est la scène qui revient à la mémoire d'Olivier ?

b. Que représentent les vers de Baudelaire pour le jeune homme ? Citez un nom précis.

c. Analysez les effets de contraste entre cette scène, l'évocation de ces vers et les événements vécus par Olivier. Appuyez-vous notamment sur le lexique qui renvoie au souvenir et sur la métaphore utilisée pour décrire l'exode (l. 8-9).

7 **a.** « Gardons le moral » dit l'oncle Henri : montrez qu'il tente de tenir des propos optimistes.

b. À quoi l'oncle Henri se compare-t-il, lui et les autres (l. 37-38) ? Quel effet produit cette comparaison ?

c. Comment essaie-t-il de rattraper ce qu'il a dit ? Par quelle promesse ?

Les enjeux

8 Quels sentiments Olivier peut-il éprouver durant cet épisode ?

9 Pour quelle raison, selon vous, Robert Sabatier a-t-il préféré créer un personnage, Olivier, plutôt que d'écrire un récit autobiographique à la première personne ?

Écrire

Écrire une lettre

10 Olivier arrive sain et sauf à Montrichard et écrit à un ami resté à Paris pour lui raconter son voyage mouvementé. Vous respecterez la disposition d'une lettre et intégrerez des passages narratifs, descriptifs tout en faisant part des sentiments éprouvés par l'adolescent.

Lire et voir

11 Lisez la suite du roman pour savoir si l'oncle Henri a pu tenir sa promesse.

12 Sur le sujet de l'Exode :

- voyez *Jeux interdits*, film de René Clément, sorti en 1952 ;
- lisez l'ouvrage de Pierre Miquel, *L'Exode*, éd. Plon, 2003.

Lire et comparer

W ou le Souvenir d'enfance, Georges Perec

Georges Perec (1936-1982) est un écrivain français contemporain, d'origine juive polonaise. Orphelin très jeune (son père est tué au front en 1940 et sa mère meurt en déportation), il est adopté par sa tante et son oncle. *W ou le Souvenir d'enfance*, publié en 1975, évoque ses souvenirs bien qu'il affirme au début du deuxième chapitre qu'il n'a pas de souvenirs d'enfance.

« Mes premiers souvenirs précis concernent l'école. Il me semble peu probable que j'y sois allé avant 1940, avant l'Exode. De l'Exode, je n'ai, personnellement, aucun souvenir, mais une photo en garde la trace. En l'émargeant j'ai rendu indéchiffrable l'indication de lieu qu'Esther y avait peut-être portée, et qu'elle a oubliée depuis, mais la date – juin 40 – est encore visible.
Je pilote une petite voiture, rouge dans mon souvenir, ici manifestement claire, avec peut-être quelques enjolivures[1] (grille d'aération sur les côtés du capot). J'ai une sorte de chandail avec un bouton, à manches courtes ou relevées. Mes cheveux bouclent d'une façon parfaitement anarchique. J'ai de grandes oreilles, un grand sourire, les yeux plissés de plaisir. Je penche légèrement la tête vers la gauche (vers la droite sur la photo). Derrière moi, il y a une grille fermée, doublée dans sa partie basse d'un fin treillis[2] métallique et, tout au fond, une cour de ferme avec une charrette.
Je ne sais pas où était ce village. J'ai longtemps cru qu'il était en Normandie, mais je pense plutôt qu'il était à l'est ou au nord de Paris. Il y eut, en effet, plusieurs fois, des bombardements tout près. Une amie de ma grand-mère s'était réfugiée là avec ses enfants et m'avait emmené. Elle raconta à ma tante qu'elle me cachait sous un édredon chaque fois qu'il y avait un bombardement, et que les Allemands qui occupèrent le village m'aimaient beaucoup, jouaient avec moi et que l'un d'eux passait son temps à me promener sur ses épaules. Elle avait très peur, disait-elle à ma tante qui me le

1. Détails qui embellissent.

2. Clôture qui imite les mailles d'un filet.

raconta par la suite, que je ne dise quelque chose qu'il ne fallait pas que je dise et elle ne savait comment me signifier ce secret que je devais garder.
(C'était, me dit ma tante, une femme très grosse et très gentille. Elle était piqueuse de pantalons. Son fils est devenu médecin. Sa fille travailla comme enfileuse dans la maison de perles fines de mon oncle, puis partit en Amérique, s'y maria, et la fit venir.) »

Georges Perec, *W ou le Souvenir d'enfance*, Éditions Denoël, 1975.

13 Quel est le pronom personnel dominant ? Qui désigne-t-il ?

14 **a.** Quel souvenir le narrateur garde-t-il de l'Exode ? Relevez la phrase qui l'indique.
b. Quel temps utilise-t-il pour évoquer le souvenir ?
c. Les modalisateurs

> Un énonciateur peut instaurer une distance ou un doute face à son énoncé. Il utilise ce qu'on appelle des modalisateurs : verbes, noms, expressions (« croire », « sembler », « sans doute »…) ou emploi du conditionnel (« il serait venu »…).

Relevez les modalisateurs qui montrent que le narrateur n'est pas sûr de ce qu'il dit. Quel est l'effet produit ?

15 **a.** De quoi l'amie de la grand-mère chez qui il habite a-t-elle peur ?
b. Qu'aurait-il pu dire de dangereux ? Quel est l'effet produit par la répétition du verbe « dire » ?

16 « … les Allemands qui occupèrent le village m'aimaient beaucoup, jouaient avec moi… » (l. 22) : en quoi réside l'ironie de cette remarque ? Reportez-vous éventuellement au hors-texte pour répondre.

17 En quoi les textes de Robert Sabatier et de Georges Perec se complètent-ils (narrateur, moment raconté, précision du récit…) ?

Extrait 5

Le Petit Garçon

P. Labro

Philippe Labro est né le 27 août 1936 à Montauban. En 1986, il reçoit le prix Interallié pour son roman L'Étudiant étranger, *œuvre largement autobiographique comme* Le Petit Garçon, *publié en 1990. Dans ce dernier roman, le narrateur retrace l'histoire d'un enfant sous l'Occupation, dans une ville du Sud-Ouest.*

Dans cet extrait, le narrateur raconte l'arrivée de la division « Das Reich » qui, plus tard se rendra tristement célèbre à Oradour-sur-Glane ; c'est une marchande de glaces qui prévient les habitants.

– Les voilà !

Son appel s'engouffra le long des allées étroites pour gagner la place et le Café Delarep, certains clients sortirent et s'immobilisèrent sur le trottoir malgré le mauvais temps, mais d'autres restèrent en retrait, à l'intérieur. Tous, cependant, s'étaient levés sans se concerter et un silence brutal avait envahi la grande salle enfumée habituellement parcourue de cris, de rires, et du choc des verres et des soucoupes. Ils comprirent, juste après les deux marchandes[1], que ce que l'on avait confondu avec la résonance de multiples tambours n'était que le chant des moteurs de véhicules peints en vert-de-gris, roulant souplement, dans une formation impeccable, conduits ou encadrés par des soldats dont les vareuses[2], chemises, casques, casquettes et pantalons arboraient la même nouvelle couleur. Seules les bottes (et les armes) étaient sombres, noires et luisantes.

1. Les marchandes de glaces qui ont aperçu les premières les troupes allemandes.

2. Vestes militaires.

La nouvelle couleur était une couleur inconnue. Dans cette cité tour à tour, selon les quartiers ou les saisons, grise, blanche, calcaire, crayeuse, rouge, argileuse, rose, pastellisée, et parmi cette humanité bistre[3], noiraude, bavarde et faraude[4], courte sur pattes et vivace, qui avait triplé de volume en moins de deux ans et avait incorporé des « Parigots » plus pâles, ou des réfugiés aux accents et aux teints plus contrastés, la nouvelle couleur frappa les regards et les esprits ; il y avait dans cette nouvelle couleur quelque chose qui ne s'harmonisait pas avec le caractère de la ville et ce n'était pas tellement la nouveauté qui dérangeait les sens et répandait le malaise mais plutôt sa laideur, son artifice. Et l'on voyait bien que la nouvelle couleur était arrivée en dominatrice, qu'elle ne demandait son avis à personne, et qu'il faudrait la subir, ou, sinon, lui résister.

La nouvelle couleur accompagnait de nouveaux faciès[5] et recouvrait des anatomies nouvelles. Des taches de son sur les visages, des yeux clairs, des peaux autrement pigmentées[6], plus laiteuses, des nez et des oreilles fabriqués dans d'autres moules, moins ronds, plus aigus. Les bras et les jambes ne se mouvaient pas de la même façon. Les hommes ne marchaient pas au même rythme que les gens du pays, et les officiers supérieurs qui se tenaient à l'avant de la colonne avaient un autre air : sérieux, satisfaction, certitude. Et bien que l'on fût habitué dans la ville et la région à reconnaître l'allure avantageuse d'un propriétaire terrien, les manières conquérantes du patron de la biscuiterie locale, ou la démarche arrogante du marchand de bestiaux fortuné, il y avait chez ces soldats et leurs chefs les signes d'une supériorité différente, préconçue. Une morgue[7] sans commune mesure avec celle que confère la naissance ou l'argent.

3. Au teint mat.
4. Fanfaron.
5. Visages.
6. Colorées.
7. Attitude hautaine et méprisante.

Lorsque le gros de cette troupe eut défilé et se fut engagé en direction de la caserne Doumercq, le long du Cours Foucault, l'on vit surgir sans transition, sans qu'on ait eu le temps de faire le moindre commentaire, une deuxième section de militaires. Ceux-là ne portaient pas la couleur vert-de-gris que les consommateurs figés du Café Delarep avaient déjà décidé de comparer à la moisissure des celliers ou à la mousse de certains chênes. Ils étaient vêtus de noir, avec des boutons, des signes et des galons en argent, et la passivité de leur masque, la fixité de leur regard donnaient presque aux soldats qui les avaient précédés des allures débonnaires[8]. Leurs yeux semblaient plus bridés, les pommettes des joues plus hautes, l'Orient perçait sous l'impassibilité de leurs physionomies. Tant de flegme, tant de dureté, tant de givre augmentaient le trouble qui avait saisi les habitués du Café Delarep. Un courant froid parcourut leur rang, aussi bien sur le trottoir qu'à l'intérieur de l'établissement.

Et le spectacle d'une petite tête de mort blanche encadrée de deux os blancs[9], le tout brodé sur le fond noir d'un fanion pointu qui flottait, fiché à la courbure du pare-chocs avant du véhicule de commandement, confirma l'impression diffuse que dans ce pays de vins et de ballon ovale, de prune et de raisin, de pêche et de maïs, de veaux et de volailles, de ceps et de châtaignes, venait de se produire, avec toute la force de son outrecuidance, un de ces moments décisifs où l'existence, telle qu'elle avait été envisagée jusque-là, change de sens et s'éclaire soudainement d'un autre feu.

Là-haut, à la villa, nous ne le savions pas encore.

Philippe Labro, *Le Petit Garçon*,
coll. « Folio », © Éditions Gallimard, mars 1995.

8. Bons, gentils.
9. Emblème des SS.

Repérer et analyser

Le genre, la situation d'énonciation et l'événement raconté

1 **a.** Identifiez le genre du texte et le statut du narrateur. Appuyez-vous sur le hors-texte et sur le pronom utilisé à la fin de l'extrait. Qui raconte les événements ?

b. Le narrateur a-t-il assisté à la scène ? Justifiez votre réponse.

2 **a.** À qui le pronom personnel « les » renvoie-t-il dans la première phrase ? Les personnages savent-ils de qui il s'agit ? Comment le lecteur peut-il le savoir ?

b. Qui le narrateur désigne-t-il par le pronom « on » lignes 27, 39 et 48 ?

3 Le narrateur précise-t-il le nom de la ville ? Relevez les éléments qui précisent le cadre.

4 **a.** De quel événement le narrateur fait-il le récit ?

b. Relevez la phrase qui, à la fin du passage (l. 70 à 73), qualifie cet événement. Quel sentiment le narrateur cherche-t-il à exprimer en le qualifiant ainsi ?

Le regard du narrateur

La symbolique des couleurs

Un symbole est une représentation concrète d'une réalité abstraite (le noir, symbole de deuil).

5 **a.** Le narrateur définit la région dans laquelle il vit par des couleurs. Lesquelles ? Que symbolisent-elles ?

b. Quelles sont les couleurs qui caractérisent chacune des sections des soldats ? Que symbolisent-elles ? Quel est l'effet produit par l'opposition des couleurs ?

6 La personnification

La personnification consiste à présenter comme un être animé une notion, une abstraction, une chose…

a. Qui le narrateur désigne-t-il par l'expression « la nouvelle couleur » (l. 31) ? Montrez que le narrateur personnifie cette « nouvelle couleur ». Quel est l'effet produit ?

b. Combien de fois répète-t-il cette expression ? Quel effet produit cette insistance ?

La description des soldats et les sentiments des habitants

7 **a.** En quoi les premiers soldats se différencient-ils physiquement des habitants de la ville ?

b. Relevez les termes appartenant au champ lexical de la supériorité (l. 39 à 45). À quels différents personnages s'appliquent-ils ? Comment cette supériorité s'explique-t-elle chez les uns et les autres ? En quoi la supériorité des soldats est-elle différente de celle de certains habitants de la ville ?

8 **a.** En quoi les soldats vêtus de noir se distinguent-ils des soldats « vert-de-gris » ?

b. Quel est le champ lexical dominant dans la description de la deuxième vague de soldats ? Relevez les termes qui le composent. Quel effet les soldats cherchent-ils à produire sur la population ?

9 **a.** Quelle atmosphère règne habituellement dans le Café Delarep ? Quelle est l'attitude des clients devant ce défilé ? Que symbolise-t-il pour eux ?

b. La réaction des habitants est-elle la même devant les deux sections ? Pourquoi ?

Les enjeux

10 Quelle image le narrateur donne-t-il des envahisseurs ? Quel effet cherche-t-il à produire ?

11 En quoi ce texte a-t-il valeur de témoignage ?

Extrait 6

Le Petit Garçon

P. Labro

L'extrait suivant se situe quelque temps après le précédent. La maison du narrateur est réquisitionnée pour loger un général de division de la Waffen SS. *Ne pouvant refuser, le père envoie sa fille à Toulouse avant de recevoir le* Brigadeführer[1].

L'officier supérieur allemand était grand, pâle, sûr de lui et peu bavard. Il avait un long visage osseux, des joues creusées, un menton fendu en deux, des oreilles collées aux tempes, des cheveux coupés très court et haut, et l'on pouvait seulement discerner leur couleur blonde quand il ôtait sa casquette sur le bandeau noir de laquelle était brodée la célèbre petite tête de mort, emblème du corps auquel il appartenait. Nous remarquions aussi, sur le col de sa tunique, les deux SS runiques[2] et la croix de fer[3] accrochée autour de son cou, dont les bords argentés brillaient en envoyant de courts éclats de lumière à chaque fois qu'il se déplaçait.

– Vous dites bonjour et au revoir quand on s'adresse à vous, et puis c'est tout, avait recommandé mon père.

Il avait regroupé les enfants, les trois frères, les deux sœurs ainsi que « la cousine Jeannette[4] » au même niveau, en les répartissant dans trois chambres à coucher du rez-de-chaussée, et avait abandonné l'étage supérieur, avec l'ancienne chambre de Juliette[5], au *Brigadeführer* et son ordonnance[6]. Il pensait

1. Général de division allemande.
2. Vient de « rune », caractère de l'ancien alphabet des peuples germaniques et scandinaves.
3. Décoration militaire, preuve de bravoure.
4. Une jeune juive de 13 ans que le père du narrateur cache chez lui en la faisant passer pour une cousine de Dordogne.
5. Sœur du narrateur.
6. Militaire mis à la disposition d'un officier supérieur.

ainsi pouvoir mieux surveiller le va-et-vient des occupants. Il nous avait expliqué que tout devrait se dérouler normalement, comme autrefois, mais pour plus de sûreté, Dora[7], qui continuait d'aider ma mère à tous les travaux de cuisine et de ménage, ne parlerait plus. Nous devions, par conséquent, nous habituer à nous adresser à elle le moins possible, et faire comme si elle était une demeurée mentale.

– Nous dirons qu'elle souffre d'un sérieux retard. Son accent allemand ne doit à aucun prix être décelé, car même si l'officier ne met pas les pieds dans la cuisine, il y a toujours l'ordonnance, et le chauffeur.

Le chauffeur roumain parlait couramment français. C'était un jeune homme rond et brun, d'apparence banale. Lorsqu'il arrivait chaque matin dans la Mercedes noire, nous étions en train de préparer nos vélos, puisque l'officier supérieur partait pour rejoindre son QG à la même heure que nous. Dès le premier jour, une routine avait été établie qui ne serait jamais brisée : le chauffeur manœuvrait pour disposer la Mercedes face au chemin de gravier, afin de pouvoir ressortir du parc sans perdre une minute. Puis, il ouvrait les portières et restait debout le long du véhicule, ne s'en éloignant guère, nous lançant quelques phrases qui se voulaient amicales.

– Le Roumain a lui aussi été « réquisitionné », avait dit mon père. Ce n'est pas un mauvais bougre[8]. Son pays est comme le nôtre, occupé. Mais il travaille pour eux, il porte leur uniforme, alors gardez vos distances.

L'officier descendait l'escalier, suivi de son ordonnance qui lui avait apporté quelques instants plus tôt une tasse de café que Dora, muette et jouant les imbéciles, avait fait réchauffer dans la cuisine. Mon père, dans le grand hall, attendait le *Brigadeführer* en marchant de long en large. Au début, nous

7. Juive allemande que le père cache chez lui. | **8.** Signifie : « c'est plutôt un brave homme ».

prîmes ce comportement pour un excès de politesse et nous en fûmes surpris et humiliés mais il nous fallut peu de temps pour comprendre, en observant son manège, que mon père avait adopté pour règle de ne quitter l'officier à aucun moment dès la seconde où celui-ci était entré la veille au soir, jusqu'à celle où il repartait « au travail ». Il ne voulait lui laisser aucune chance de parler à qui que ce soit d'autre, ou de fouiller dans la vie secrète de la Villa. Les deux hommes échangeaient quelques mots en français, des propos polis, anodins[9]. Chacun gardait sa distance, respectant une sorte de convention qui n'avait pas été ouvertement définie.

– Ah ! monsieur, faisait l'officier, beaucoup d'oiseaux, ce matin.

– Oui, disait mon père, ils sont très nombreux à cette époque de l'année.

– Ah, je voulais vous dire, je ne dînerai pas dans ma chambre ce soir. Retour très tard.

– Très bien, répondait mon père.

Et il était implicite[10] que mon père l'attendrait, quelque tardive que serait l'heure. Ils se saluaient d'un bref mouvement de la tête. Mon père s'effaçait pour laisser l'officier et son ordonnance ouvrir la porte, descendre les trois marches sous le porche et franchir les quelques mètres qui les séparaient de la voiture devant laquelle attendait le Roumain. Parfois l'officier, sur le pas de la porte, tournait la tête vers nous, qui attendions le départ de la Mercedes pour, au signe de mon père, monter sur nos vélos et nous acheminer vers le lycée. L'officier tendait alors le doigt dans notre direction.

– Les enfants, disait-il, comme s'il dressait un inventaire.

Philippe Labro, *Le Petit Garçon*,
coll. « Folio », © Éditions Gallimard, mars 1995.

9. Sans importance.
10. Sous-entendu.

Questions

Repérer et analyser

La situation d'énonciation

1 Le narrateur est-il un personnage de l'histoire ? Relevez un pronom qui le prouve. Qui est-il précisément ? Justifiez votre réponse.

2 **a.** À qui le pronom personnel « vous » renvoie-t-il dans la première intervention du père (l. 12) ?

b. Qui est exactement désigné par le pronom personnel « nous » dans la réplique du père ligne 26 et dans la phrase : « Au début, nous prîmes ce comportement pour un excès de politesse... » (l. 49-50) ?

Le portrait de l'officier

3 À quel corps d'armée l'officier et son chauffeur appartiennent-ils ? Quels sont les signes distinctifs de cette appartenance ?

4 **a.** Relisez le portrait que fait le narrateur de l'officier (l. 1 à 11). Sur quels détails le narrateur insiste-t-il ?

b. Comparez ce portrait à la description des soldats allemands à leur arrivée dans la ville (voir extrait 5, p. 34). L'officier est-il conforme à l'image que le narrateur a donnée de ces soldats ?

c. En quoi le chauffeur est-il différent ? Pour quelle raison ?

5 **a.** La présence du *Brigadeführer* est-elle envahissante ou discrète ? Relevez les détails qui permettent de justifier votre réponse.

b. Quel est le temps dominant dans les lignes 1 à 11 ? Quelle est la valeur de ce temps ? Quelles sont les habitudes de l'officier ?

Les rapports entre le père et l'officier

6 **a.** Quelles précautions le père a-t-il prises avant l'arrivée de l'officier ? Pour quelles raisons ?

b. Pourquoi se méfie-t-il aussi du chauffeur bien que ce dernier soit issu d'un pays lui aussi occupé par l'Allemagne ?

7 **a.** Quelle attitude le père adopte-t-il vis-à-vis de l'Allemand ? Cette attitude est-elle dans un premier temps comprise des enfants ?

b. Quels rapports le père et l'officier établissent-ils entre eux ? De quoi parlent-ils ? Quel adjectif pourrait résumer la qualité de leurs relations ?

La visée

8 Quel regard le narrateur porte-t-il sur l'officier ?

Écrire

Changer de point de vue

9 Dans une lettre écrite à sa famille restée en Allemagne, l'officier SS raconte la vie qu'il mène dans la maison de ses « hôtes » et évoque les relations qu'il a avec cette famille française.

Se documenter

Les SS

Les *Schutzstaffel* (groupes de protection) ont été fondés en 1926. Au départ, les SS étaient les gardes particuliers de Hitler à qui ils prêtaient un serment particulier. Après la Nuit des Longs Couteaux en 1934, les SS obtinrent des pouvoirs et un statut particuliers et furent considérés comme la garde de la révolution nationale-socialiste. Le véritable organisateur des SS fut Heinrich Himmler. Les SS étaient sélectionnés selon des critères politiques (fidélité absolue aux principes nazis) et raciaux (des Aryens purs). L'endoctrinement idéologique était aussi important que l'instruction militaire. En juillet 1940 apparurent les *Waffen SS*, unités militaires d'élite.

L'étoile juive sous l'Occupation

« Un jour, boulevard de Belleville, ma mère était avec moi à une terrasse de café, maman portait l'étoile, et je voyais tous les gens qui étaient assis à la terrasse de café, dont certains enfants qui portaient l'étoile. Et je me suis mise à pleurer : « Je veux l'étoile, je veux l'étoile ! Pourquoi je n'ai pas une étoile ! » Et il y avait un curé à côté, la table à côté, et ce prêtre portait l'étoile et il a enlevé son étoile et m'a dit : « Tiens, là, pendant le temps que tu t'amuses à côté de moi, porte l'étoile. » Et j'ai porté l'étoile donc peut-être une demi-heure, une heure. Et il a repris son étoile. »

Liliane-Georgette.

Paroles d'étoiles, © Éditions Librio, septembre 2002.

Lire et comparer

Le départ de l'Allemand dans *Le Petit Garçon*

Le débarquement allié a eu lieu et l'officier, après avoir organisé une grande fête à la villa, quitte la ville pour remonter vers la Normandie.

« Le lendemain, le SS Brigadeführer, après avoir pris son traditionnel café du matin, préparé par Dora la muette, évacuait la Villa. La réquisition était terminée. Le chauffeur roumain et leur ordonnance attendaient leur chef devant la Mercedes, deux cantines[1] d'acier chargées dans le coffre ouvert. Ils avaient un faciès fermé, impassible. L'officier supérieur avait mis sa tenue de combat, une parka de cuir noir jetée sur ses épaules. Il avait conservé son calme et mon père n'avait pas perdu sa courtoisie ni sa réserve.
– Auf Wiedersehen[2], dit l'officier à mon père, en le saluant au garde-à-vous.
– Je n'en suis pas sûr, répondit celui-ci.
– Mais si, répondit l'officier en français. Nous nous reverrons, monsieur.
Puis il monta dans son véhicule qui démarra. Mon père n'avait pas compris le sens qu'avait voulu donner l'Allemand à cette dernière phrase. Il marcha jusqu'à la grille d'entrée pour voir la voiture s'éloigner, encadrée par deux motards dans la pente du Haut-Soleil. Puis il revint lentement vers la Villa, raclant le gravier avec ses pieds, comme un râteau. On eût dit qu'il voulait effacer jusqu'aux traces de la Mercedes dans le sol. À l'intérieur de la Villa, la salle à manger avait été nettoyée à la hâte. Il restait des éclats de verres brisés, des bouteilles vides abandonnées dans leurs seaux, culs par-dessus tête. Le plancher était maculé de taches de graisse et de vin, des dossiers de chaises souillés, il flottait dans la pièce l'odeur âcre et vaguement fétide[3] des boîtes de nuit, quand on les visite de jour. Comme s'ils avaient cherché à s'excuser pour ce travail bâclé, les occupants avaient laissé un bouquet de glaïeuls sur la table de la cuisine.

1. Malles. | 2. « Au revoir » en allemand. | 3. Répugnante.

Le bouquet avait quelque chose d'anormal, trop dense, avec des tiges mal coupées. Il était grossièrement enveloppé dans du papier kraft[4], dont la senteur de sulfate venait entraver le parfum de l'épi des fleurs. Sur la face cachée du papier d'emballage, on avait fixé une enveloppe, au moyen d'une banale épingle à coudre. Il n'y avait aucun nom sur l'enveloppe, et mon père la tendit à ma mère :
– C'est certainement pour la maîtresse de maison, dit-il.
– Si tu veux, dit-elle.
Elle décacheta l'enveloppe et découvrit une carte qui ne portait pas plus de nom. Elle eut un recul de tout son corps lorsqu'elle eut déchiffré les quelques mots rédigés en allemand. Il n'y avait qu'une seule phrase, qui disait : « Je ne doute pas que la juive de la cuisine retrouvera vite l'usage de la parole. » C'était signé du SS Brigadeführer lui-même. »

P. Labro, *Le Petit Garçon*, © Éditions Gallimard, mars 1995.

10 Les rapports entre le père et l'officier ont-ils évolué depuis le premier jour ?

11 **a.** Quelles diverses interprétations peut-on donner de la phrase que prononce l'officier : « Mais si… Nous nous reverrons Monsieur » (l. 12-13) ?
b. Que craint le père ?

12 **a.** Quel effet le mot trouvé dans le bouquet a-t-il sur la mère ? Qu'a voulu signifier l'officier en écrivant ce mot ?
b. Qu'a d'étonnant cette attitude ? Comment l'interprétez-vous ?
c. À quoi se serait-on plutôt attendu de la part d'un officier SS ?

Lire

13 Sur le thème de la réquisition des maisons pour les officiers allemands, lisez *Le Silence de la mer* de Vercors, et notamment le passage relatant l'arrivée de l'officier.

4. Papier d'emballage résistant fabriqué avec de la pâte kraft, obtenue par un procédé au sulfate.

Extrait 7

L'Armée des ombres

J. Kessel

Joseph Kessel (1898-1979) est un journaliste, grand reporter et romancier français. Correspondant de guerre en 1939-1940, il entra dans la Résistance après la défaite, et composa en 1943 avec son neveu Maurice Druon Le Chant des Partisans *qui devint le chant de ralliement de la Résistance. En hommage aux résistants, il écrivit la même année à Londres* L'Armée des ombres, *récit qui raconte « la France, une France obscure, secrète... ».*

Dans l'extrait choisi, Gerbier, membre de l'état-major d'un réseau de résistants, a été arrêté et condamné à mort. Il doit être exécuté le lendemain matin avec d'autres hommes qui expliquent pourquoi ils se trouvent là.

Un autre condamné parlait. Un homme très mince de taille et très fin de traits. Bien qu'il fût assis à la turque, son torse était parfaitement droit comme une cuirasse. Il avait des yeux lumineux et une voix d'une singulière netteté.

« Ce n'est pas une action délibérée qui me vaut d'être parmi vous, Messieurs ». dit-il. « Malgré les sentiments que je pouvais avoir, je n'ai pas osé prendre parti contre le maréchal[1]. Je n'étais pas assez sûr de mon intelligence. Mon confesseur – et j'ai toujours suivi ses conseils – m'a proposé d'attendre pour voir plus clair en moi. J'avais quatre enfants. J'ai vécu pour eux. Non, je n'ai pas agi, mais je ne pouvais pas refuser aux persécutés le droit d'asile. J'ai eu chez moi des Anglais et des prisonniers évadés, et des patriotes en fuite, et des enfants juifs. »

1. Il s'agit du maréchal Pétain, qui conclut l'Armistice avec l'Allemagne et l'Italie et devint le chef de l'État français à Vichy.

Le voisin de Gerbier[2] agita nerveusement la tête.

– « On a fini par m'arrêter. Pendant l'instruction j'ai pu voir ma famille. Les enfants, d'abord, ne m'ont pas reconnu. J'étais sale, j'avais une barbe d'une semaine et j'étais déjà vêtu comme un brigand. Quand je les ai embrassés ils avaient peur. Ils demandaient des yeux secours à leur mère. Enfin, l'aînée qui avait sept ans, et qui allait à un cours de petites filles, m'a demandé : « Papa, ce n'est pas vrai que vous avez très mal agi contre le maréchal ? » Pour la première fois de ma vie, je n'ai pas su répondre à cette enfant. En classe on leur faisait tellement aimer le maréchal. Et le maréchal m'a tenu enfermé au droit commun pendant deux ans dans l'ancienne zone libre et quand les Allemands ont occupé cette zone, le maréchal m'a livré à eux. J'ai pardonné à tous mes ennemis. C'est à l'égard du maréchal que j'ai eu le plus de peine à me monter chrétien. »

L'homme aux yeux mobiles et mélancoliques assis près de Gerbier se mit à parler avec tant de précipitation que les mots semblaient s'achopper les uns aux autres. Gerbier se demanda si c'était à cause d'une impatience de race ou simplement parce que le temps pressait.

– « Je suis rabbin[3] », dit le voisin de Gerbier, « rabbin dans une grande ville. À cause de cela, les Allemands m'ont affecté à la commission chargée de dépister les Israélites qui n'ont pas voulu se déclarer[4]. Vous me suivez ?... Il y a cinq personnes dans ce genre de commission, deux Allemands, deux Français catholiques et un Français israélite. J'étais celui-là. Vous me suivez ?... Chaque semaine on faisait passer devant nous des hommes et des femmes que les autorités d'occupation

2. Un des principaux membres d'un réseau de Résistance dont on suit les actions au cours du récit de Kessel.

3. Ministre du Culte de la communauté juive.

4. Aller au commissariat de police pour se déclarer comme juif.

soupçonnaient d'être Israélites, et nous devions dire s'ils l'étaient ou pas. Un Israélite et surtout un rabbin a plus de chance qu'un autre de reconnaître ses coreligionnaires[5]. Vous me suivez ?… Les Allemands le pensaient bien. Et ils m'avaient prévenu. La première fois où je dirais non quand eux pourraient prouver que c'était oui je serais fusillé. Vous me suivez ?… Seulement, si je disais oui, les gens étaient déportés en Pologne pour y mourir. Jolie situation pour un rabbin… »

Le voisin de Gerbier inclina vers les dalles son visage avec une expression navrée et presque fautive. Il soupira :

– « J'ai toujours dit non… Alors, me voilà… »

Joseph Kessel, *L'Armée des ombres*,
© Croix Rouge Irlandaise.

Affiche, *L'Armée des ombres*.

5. Personnes de la même religion.

Repérer et analyser

Le narrateur, les personnages, le cadre

1 À quel genre l'extrait que vous venez de lire appartient-il ? Quelle est sa date de publication ?

2 Montrez que le narrateur est absent de l'histoire. Qui sont les personnages à qui il donne la parole ?

3 Dans quel lieu la scène racontée se déroule-t-elle ?

Les références à l'Histoire et la visée

4 **a.** Pour quelle raison les deux condamnés ont-ils été arrêtés ?
b. Quelle a été leur façon de résister à l'occupation allemande et aux ordres de Pétain ? Qu'ont-ils refusé de faire ?
c. Quelles sont les raisons pour lesquelles le premier condamné en veut plus au maréchal Pétain qu'à ses autres ennemis ?
d. Peut-on les considérer comme des héros ? Pourquoi ?

5 Les hommes savent-ils ce qui va leur arriver ? Justifiez.

6 **a.** Quelle information Kessel donne-t-il sur la façon dont on dépistait les Israélites pendant l'Occupation ?
b. Montrez que même les enfants sont manipulés par l'idéologie en place.

Écrire

Écrire une lettre

7 Imaginez la lettre que pourrait écrire le premier condamné à sa fille de sept ans pour lui expliquer qu'il n'a pas mal agi contre le maréchal Pétain mais selon sa conscience. Respectez la situation d'énonciation de la lettre (date, typographie, destinataire, formule finale…).

Voir

8 Vous pouvez voir le film de Jean-Pierre Melville, *L'Armée des ombres*, sorti en 1969 et tiré du roman de Joseph Kessel.

Extrait 8

Dora Bruder

P. Modiano

Patrick Modiano, né à Boulogne-Billancourt le 30 juillet 1945, est un romancier français. Son premier ouvrage, La Place de l'Étoile, *paru en 1968, reçoit le prix Roger Nimier. Il obtient en 1978 le prix Goncourt pour* Rue des boutiques obscures.

Dans Dora Bruder, *récit publié en 1997, le narrateur, parce qu'il a lu dans un* Paris-Soir *datant de décembre 1941 l'annonce « On recherche une jeune fille, Dora Bruder, 15 ans... », part, plus de cinquante ans après, sur les traces de cette adolescente juive disparue. Il va tenter de suivre le parcours qu'elle a suivi dans le Paris de l'Occupation. L'extrait se situe à la fin du récit. Dora est arrêtée en 1942.*

À Drancy[1], dans la cohue, Dora retrouva son père, interné là depuis mars. En ce mois d'août, comme aux Tourelles[2], comme au dépôt de la Préfecture de police, le camp se remplissait chaque jour d'un flot de plus en plus nombreux d'hommes et de femmes. Les uns arrivaient de zone libre par milliers dans les trains de marchandises. Des centaines et des centaines de femmes, que l'on avait séparées de leurs enfants, venaient des camps de Pithiviers et de Beaune-la-Rolande[3]. Et quatre mille enfants arrivèrent à leur tour, le 15 août[4], après qu'on eut déporté leurs mères. Les noms de beaucoup d'entre eux, qui avaient été écrits à la hâte sur leurs vêtements, au départ de Pithiviers et de Beaune-la-Rolande, n'étaient plus lisibles.

1. Camp de transit pour les détenus juifs de 1941 à 1944, situé en banlieue parisienne, à Drancy.
2. Prison pour femmes à Paris.
3. Villes du Loiret.
4. En 1942.

Enfant sans identité n° 122. Enfant sans identité n° 146. Petite fille âgée de trois ans. Prénommée Monique. Sans identité.

[…] Tous les deux, le père et la fille, quittèrent Drancy le 18 septembre, avec mille autres hommes et femmes, dans un convoi pour Auschwitz[5].

[…] Le samedi 19 septembre, le lendemain du départ de Dora et de son père, les autorités d'Occupation imposèrent un couvre-feu[6] en représailles à un attentat qui avait été commis au cinéma Rex[7]. Personne n'avait le droit de sortir, de trois heures de l'après-midi jusqu'au lendemain matin. La ville était déserte, comme pour marquer l'absence de Dora.

Depuis, le Paris où j'ai tenté de retrouver sa trace est demeuré aussi désert et silencieux que ce jour-là. Je marche à travers les rues vides. Pour moi elles le restent, même le soir, à l'heure des embouteillages, quand les gens se pressent vers les bouches de métro. Je ne peux pas m'empêcher de penser à elle et de sentir un écho de sa présence dans certains quartiers. L'autre soir, c'était près de la gare du Nord.

J'ignorerai toujours à quoi elle passait ses journées, où elle se cachait, en compagnie de qui elle se trouvait pendant les mois d'hiver de sa première fugue et au cours des quelques semaines de printemps où elle s'est échappée à nouveau. C'est là son secret. Un pauvre et précieux secret que les bourreaux, les ordonnances, les autorités dites d'Occupation, le Dépôt[8], les casernes, les camps, l'Histoire, le temps – tout ce qui vous souille et vous détruit – n'auront pas pu lui voler.

Patrick Modiano, *Dora Bruder*,

5. Camp de concentration et d'extermination situé en Pologne.
6. Interdiction temporaire de sortir de chez soi à certaines heures.
7. Cinéma parisien situé sur les Grands Boulevards.
8. Lieu de détention de la Préfecture de police à Paris.

Questions

Repérer et analyser

Le narrateur

1 **a.** Quel est le statut du narrateur ? À qui le pronom personnel « je » renvoie-t-il ?
b. De qui le narrateur raconte-t-il l'histoire ? Est-il lui-même personnage ? Justifiez votre réponse.
c. À quelle époque le narrateur se place-t-il par rapport aux événements racontés ?

La référence à l'Histoire : la déportation

2 Dans quel camp Dora est-elle conduite ? En quelle année est-elle arrivée au camp ? Quel mois ? Dans quel pays ce camp se trouve-t-il ? Qui y retrouve-t-elle ?
3 Relevez les expressions qui font référence au nombre de personnes qui arrivent dans le camp. Les personnages ont-ils tous une identité référencée ? Justifiez votre réponse. Quel est l'effet produit ?
4 Dans quel lieu Dora et son père sont-ils conduits un peu plus tard ? Quel jour précis ? Qu'est-il advenu d'eux ?

Le regard du narrateur et la visée

5 De quoi la ville déserte le 19 septembre est-elle le symbole ?
6 À partir de quelle ligne le narrateur revient-il au présent de l'écriture ? Appuyez-vous sur une indication temporelle et sur le jeu des temps. Quels étaient les temps utilisés pour le récit des événements ? Quels sont les temps qui renvoient au moment de l'énonciation ?
7 **a.** Dans quelle ville le narrateur se trouve-t-il ? Relevez des indices qui se réfèrent aux temps modernes. Quel est l'effet produit par ce décalage ?
b. Relevez les détails qui indiquent que le narrateur se sent « habité » par le souvenir de Dora.
8 Quel sentiment éprouve-t-il à la fin du récit ? Qu'a-t-il fait en faisant revivre Dora ?
9 En quoi consiste la victoire de Dora sur le monde qui l'entoure ?

Lire et comparer

***Les Guichets du Louvre*, R. Boussinot**

Roger Boussinot (1921-2001) publie en 1960 *Les Guichets du Louvre*, témoignage sur les journées du 16 et 17 juillet 1942 où eut lieu la rafle du Vél'd'Hiv'. Huit mille personnes juives, dont quatre mille enfants, sont arrêtées et rassemblées au vélodrome de Paris par la police française avant d'être déportées. Un étudiant provincial s'apprête à partir en vacances quand il apprend qu'une rafle contre les juifs va avoir lieu. Renonçant à son départ, il va essayer de sauver un maximum de juifs.

« Je ne tarde pas à m'apercevoir, cependant, que le quartier grouille plus que jamais de policiers et qu'ils semblent, à mesure que l'heure avance ou peut-être à cause d'un subtil changement d'atmosphère, de plus en plus nerveux. Dans une rue étroite où je viens de m'engager (sans doute la rue du Porte-Foin[1]), un cri de femme déchire la touffeur de l'air, dramatique, bouleversant : « Non !... Ma petite fille !... » puis des sanglots : «..., si je ne suis plus là ! Non ! Ne m'emmenez pas !... Si je ne suis plus là !... » Et c'est un râle de poitrine, comme celui d'une bête égorgée. Deux flics livides tirent une femme qui s'arc-boute, qui laisse traîner ses pieds et tomberait s'ils ne la soutenaient.

Les gens sont aux fenêtres ; quelques-uns sont descendus dans la rue. Les flics passent sans voir personne. Au bout d'un moment, les gens s'approchent de la porte où s'est produit l'incident. « Sa gosse a la rougeole », dit quelqu'un. « Ça se comprend, dit une autre femme, laisser seule une gosse malade ! » « Oh, ça ne sera pas long, tranche la concierge, d'ailleurs Mme Bernard (ou Ternard, je n'ai pas bien entendu) s'occupe de la petite... »

Même après cinq à six heures de rafle, personne ne semble en voir la gravité, ni en être véritablement ému.

Pourtant ce cri rauque résonne encore dans ma tête. Dans les leurs aussi, c'est certain.

Ces flics avaient le regard des bœufs en plein effort. Ils ne se méfiaient pas. Leurs pognes[2] soutenaient par les bras la femme qui

1. Rue du IIIe arrondissement de Paris.

2. Leurs mains (langue populaire).

maintenant gémissait mais ne s'agitait plus, et ils l'entraînaient ainsi le plus vite qu'ils pouvaient vers la rue des Archives[3] où sans doute stationnaient des véhicules.
Un instant ils s'arrêtèrent pour essuyer d'un revers de manche la sueur de leurs visages, et pour souffler…
Leurs regards demeurèrent aussi vides d'expression quand la malheureuse leur échappa.
Elle s'est remise sur pieds et s'est libérée si brusquement qu'elle a laissé les deux flics sans réactions.
Elle court en criant – en hoquetant plutôt – quelque chose dont je ne comprends le sens que parce que je tourne moi aussi la tête : « Monsieur le curé !… Monsieur le curé !… »
Un prêtre, en effet, nous suivait, longeant les murs, pressant le pas. Elle l'a rejoint. Elle marche à côté de lui, en trébuchant, comme ivre. Elle lui parle précipitamment. Il presse davantage le pas, les lèvres serrées, le regard absent dans sa face écarlate. Ne comprend-il pas ce qu'elle lui demande, pourquoi elle l'implore ?
Il ne tourne même pas les yeux vers elle. On pourrait croire qu'il ne la voit ni ne l'entend. Ils vont arriver tous deux à notre hauteur. La femme s'en rend compte. Les flics, médusés, n'ont pas bougé : il leur suffit de constater qu'en suivant le curé elle revient vers eux…
Alors elle se laisse tomber lourdement sur les genoux, haletante, sans cesser d'implorer ; elle s'agrippe à la soutane avec une telle énergie qu'elle l'immobilise et que ses mains blanches, crispées sur l'étoffe noire, tremblent comme celles d'une convulsionnaire. Le prêtre s'est adossé au mur, comme s'il allait avoir une défaillance.
[…] Car je le dis en vérité, les deux mains de cet homme se portèrent vers celles de la femme, luttèrent longuement, avec entêtement, pour les décramponner doigt après doigt, puis par des coups secs sur les poignets, jusqu'à ce que la malheureuse tombât de tout son long sur le trottoir, la tête dans ses bras tendus, et tout le corps secoué de sanglots.
Les deux agents qui s'étaient rapprochés se penchèrent sur elle, la soulevèrent à nouveau par les bras et l'emportèrent comme une

3. Rue du IVe arrondissement de Paris, près de l'Hôtel-de-Ville.

proie inerte… Le prêtre, immobile, hagard, attendit qu'ils aient disparu dans la rue des Archives. Il détournait la tête, afin d'éviter les regards des quelques personnes qui avaient suivi la scène, muettes de stupéfaction comme moi-même.
Une étrange envie de pleurer, une colère folle et un flot de mépris, venus du plus profond de mon être, me serraient la gorge jusqu'à m'étrangler. Je fis un pas vers l'homme, les poings crispés. « Vous !… Vous !… » dis-je enfin, incapable de prononcer quoi que ce soit d'autre, tant mes mâchoires étaient serrées. De son visage un instant tout près du mien, je ne distinguai plus que les bajoues écarlates, les poils épais des sourcils au-dessus des paupières frémissantes, et une énorme, une monstrueuse verrue fichée dans l'aile du nez. Mais je n'aurais su dire comment était son regard.
Soudain il ne fut plus là… Il fuyait à pas précipités vers la rue des Archives.
Je fus je ne sais combien de temps avant de retrouver mon calme, et tout ce temps-là j'errai la tête vide, agité de sentiments violents et confus ; sans prendre garde où me portaient mes pas. »

R. Boussinot, *Les Guichets du Louvre*, © Gaïa éditions, 1999.

10 **a.** Cet extrait appartient-il au genre du roman ? En quoi diffère-t-il du texte précédent ? De quel événement le narrateur est-il témoin ?
b. « Pourtant ce cri rauque résonne encore dans ma tête » : le narrateur a-t-il laissé passer du temps avant de faire le récit des événements ? Comparez avec le texte de Modiano.
c. Quel est le temps utilisé ? Quel est l'effet produit ?

11 De quoi la femme supplie-t-elle le prêtre ? Quelle est la réaction de celui-ci ? L'attitude du prêtre est-elle en accord avec sa mission ?

12 Quelle est la réaction des témoins devant les arrestations ? Quelle est celle du narrateur ? Citez le texte.

13 **a.** En quoi le texte de Boussinot complète-t-il les informations données par Modiano sur la déportation des juifs ?
b. En quoi peut-on dire que Modiano et Boussinot se livrent à un devoir de mémoire envers les victimes de l'Occupation ? Quelles émotions, et réactions, le narrateur cherche-t-il à provoquer chez le lecteur ?

14 Voyez le film de Michel Mitrani, *Les Guichets du Louvre*.

Extrait 9

Quoi de neuf sur la guerre ?

R. Bober

Robert Bober est né à Berlin en 1931, de parents polonais qui sont arrivés en France en 1932. Après avoir exercé de nombreux métiers comme tailleur et moniteur dans une colonie pour des enfants dont les parents ont disparu pendant la guerre, il devient l'assistant de François Truffaut avant de réaliser une trentaine de documentaires et des émissions littéraires. Quoi de neuf sur la guerre ?, *publié en 1993, est son premier roman. Il sera adapté au cinéma par Michel Deville, en 2002, sous le titre* Un monde presque paisible. *Le cadre du récit est un atelier de confection dans lequel quelques personnes essaient de réapprendre à vivre dans le Paris d'après-guerre. Dans l'extrait choisi, Joseph devient éducateur dans une maison d'enfants où se trouvent cent vingt-cinq enfants de déportés. Louba en est la directrice. Un soir celle-ci raconte à Joseph l'histoire de cinq enfants.*

Alors, à son tour, elle m'a raconté l'histoire des cinq petits garçons.

« Beaucoup d'enfants ici étaient déjà avec moi au Masgelier. Le Masgelier, c'est une maison d'enfants dans la Creuse qui a été ouverte au début de la guerre par l'OSE[1]. La plupart de ces enfants sont des enfants qu'après de multiples démarches on a réussi à arracher des camps de Gurs[2] et de Rivesaltes[3]. De Gurs surtout. Des milliers de réfugiés avaient été parqués

1. Œuvre de secours aux enfants et de protection des populations juives. D'origine russe, cette œuvre ouvrit une branche en France en 1935.

2. Ville de Basse Pyrénées (Pays Basque).

3. Ville des Pyrénées orientales.

dans ces camps par l'Administration française sous le prétexte de les surveiller. Des républicains espagnols d'abord, et puis des Juifs ensuite. Beaucoup de Juifs. Ils avaient été expulsés d'Allemagne. La plupart venaient du pays de Bade[4] et du Palatinat[5], et parce qu'ils étaient étrangers, ils ont été déclarés suspects. Suspects et dangereux alors que, parmi eux, il y avait des vieillards et des enfants, alors que c'étaient simplement des victimes du nazisme… Les conditions de vie au camp étaient atroces, c'est pourquoi les parents n'ont pas hésité à nous confier leurs enfants dès que ça a été possible… En août 42, les déportations ont commencé à Gurs. Alors, aux derniers enfants que nous avons réussi à sortir des camps, les parents ont remis quelques objets de valeur ou des souvenirs, comme ces photographies qu'ils t'ont montrées. C'est bien qu'ils t'aient montré ces photographies. Il faut t'en souvenir, Joseph. Ça veut dire qu'ils ont confiance en toi. Il ne faudra jamais les décevoir… J'ai vu quand le père de David lui a donné la montre. Il était assis par terre et il a pris David sur ses genoux. David était encore presque un bébé. Son père l'entourait de ses bras comme pour le protéger. Je ne sais pas ce qu'il lui a dit, mais je l'ai vu sortir la montre de sa poche, puis il a pris le pouce et l'index de David entre ses doigts et ensemble, doucement, ils ont remonté le mécanisme de la montre. Et puis, il a approché la montre de l'oreille de David… Et j'ai vu le sourire de David… »

Pendant un court instant, Louba a arrêté de raconter et puis elle a continué :

« Son papa a ensuite placé la montre dans la main de David en refermant ses doigts dessus et puis il a enroulé la chaîne autour de son poignet. Depuis, chaque soir, il la remonte comme son père lui a appris à le faire. »

4. État de l'Allemagne rhénane.
5. Région de l'Allemagne, située sur le Rhin, au nord de l'Alsace.

Pendant quelque temps, j'ai gardé en moi l'histoire de David, et puis, peut-être pour tenter de restituer, avant que je ne l'oublie, tout ce que Louba m'en a dit ce premier soir, j'ai essayé de l'écrire.

L'histoire de David qui pèse de tout son poids maintenant, car chaque soir depuis, un peu avant que je laisse la petite lumière allumée pour la nuit, il me fait écouter le tic-tac de sa montre. J'écoute avec application, ne manquant pas, chaque fois, de lui montrer à quel point j'en apprécie la parfaite régularité.

J'ai essayé de l'écrire en redonnant la parole à Louba, même si je sais que ce n'est pas nécessairement avec ses mots, même si je n'en respecte pas nécessairement la chronologie, persuadé cependant que je n'en dénature pas le sens.

« David avait trois ans quand il a vu ses parents pour la dernière fois. Il est difficile de savoir s'il a encore une idée précise de leur visage. C'est une idée formidable que ses parents ont eue en donnant cette montre à David. Le tic-tac régulier, les aiguilles qui indiquent l'heure et les secondes, c'est quelque chose d'eux qui continue de vivre et qui lui a été transmis. Quelque chose qu'il a reçu pour le faire vivre à son tour. C'est pourquoi, chaque soir, immanquablement, David, comme son père le lui a appris, redonne vie à cette montre. Et c'est pourquoi aussi, chaque matin, son premier geste est de la porter à son oreille. Ce qui est important, ce n'est pas que cette montre donne l'heure exacte, mais qu'elle ne s'arrête jamais. Je ne saurai sans doute jamais par quel mystère David, qui ne savait compter, a toujours su, avec une exactitude infaillible, donner le même nombre de tours au remontoir. Bien que tout petit, David sent confusément qu'il est responsable, même si ce mot n'a pas encore grand sens pour lui. Il n'a pas de photographie de ses parents, mais cette montre qu'il conserve si précieusement lui tient lieu de photographie. » [...]

Les enfants d'Izieu vers 1944.

Ce soir-là, j'ai seulement fait ce que Louba m'a dit de faire. Je n'ai pas allumé dans le couloir qui conduisait à la chambre ronde. Je me laissais guider par la petite lumière qui brillait sur les cinq petits garçons endormis. Je me suis penché au-dessus du lit de David. Sa main droite, glissée sous l'oreiller, adoucissait sa nuit. Ses joues portaient la trace de larmes pas encore sèches.

Robert Bober, *Quoi de neuf sur la guerre ?*,

Questions

Repérer et analyser

La situation d'énonciation et le récit de Louba

1 **a.** Cet extrait est-il tiré d'un roman ? Qui est le narrateur principal ? Quel est son prénom ? Dans quel lieu se trouve-t-il ?
b. Délimitez les lignes qui constituent le récit de Louba. À qui fait-elle ce récit ?
c. Pour quelle raison le passage lignes 2 à 33 est-il encadré de guillemets ?

2 **a.** Pour quelle raison l'Administration française avait-elle ouvert des camps d'internement ?
b. D'où les réfugiés internés dans ces camps venaient-ils ? Étaient-ils dangereux ? Pourquoi ?

3 **a.** Depuis combien de temps Louba s'occupe-t-elle de ces enfants ? Comment les a-t-elle connus ?
b. Quelle était la tâche de Louba pendant la guerre ?
c. Quels conseils donne-t-elle au narrateur ? Pourquoi lui fait-elle ce récit ?

Le personnage de David et le regard du narrateur

4 En quelle année David a-t-il été séparé de sa famille ? Dans quelles circonstances ? Quel âge avait-il ?

5 **a.** Quelle phrase résume le mieux l'amour du père pour son fils ? Pour quelle raison lui donne-t-il sa montre ?
b. Quel geste le petit garçon n'oublie-t-il jamais de faire chaque jour ? Que symbolise ce geste ?
c. Comment la souffrance de David se manifeste-t-elle ?

6 **a.** Pourquoi est-ce une idée formidable que d'avoir donné la montre à David ? Que remplace-t-elle ? Citez le texte.
b. Quel rôle joue la petite lumière allumée au-dessus des enfants ?

7 **a.** Que ressent Joseph en apprenant l'histoire de David ?
b. Comment se conduit-il avec le petit garçon après avoir entendu cette histoire ? De quelle responsabilité se sent-il investi ?

8 Pourquoi cherche-t-il à retranscrire ce récit ?

9 Quel effet un tel récit peut-il avoir sur le lecteur ?

Écrire

10 Choisissez une photo de votre enfance et, après l'avoir décrite, vous évoquerez les réactions et les sentiments qu'elle fait naître en vous. Votre texte contiendra des éléments descriptifs et narratifs et sera rédigé à la première personne.

Lire et comparer

Lire un témoignage

« Je suis devenue la quatrième enfant Nicolas. Les Nicolas ont accompli ce geste tout naturellement, malgré l'extrême danger que je leur faisais courir, Cusset étant la banlieue de Vichy. Cette époque sinistre marquée par la séparation d'avec mes parents, l'angoisse ambiante, tout ce non-dit de guerre et de mort, a laissé des traces indélébiles au fond de moi, des séquelles impossibles à extirper aujourd'hui encore. Et pourtant, grâce aux Nicolas, j'ai vécu une enfance presque normale et très joyeuse. J'en garde des souvenirs merveilleux. Souvenirs d'une enfance gourmande : les beignets aux pommes de maman, les framboises du jardin. D'une enfance joueuse : l'apprentissage de la bicyclette, les « bêtises » de mon compagnon de jeux qui à mes yeux représentaient des exploits. Pendant tout ce temps, les Nicolas ont toujours respecté mon identité : ils n'ont jamais prétendu prendre la place de mes parents biologiques. J'avais une photo d'eux dans un grand pot, et de temps en temps, je les contemplais. Je ne sais pas ce qui se passait dans ma tête ; c'était très mystérieux. De toute façon je ne posais pas de questions et les Nicolas ne m'en posaient pas non plus. Les choses étaient assez compliquées comme ça. Il fallait vivre, et ne pas trop penser. »

Hélène.

Paroles d'étoiles, © Éditions Librio, septembre 2002.

11 Relevez les adjectifs qu'Hélène emploie pour qualifier son enfance chez les Nicolas. Comment cette période apparaît-elle ?

12 Quel objet joue pour Hélène le même rôle que la montre pour David ?

13 Comment les adultes se conduisent-ils envers les deux enfants ?

Extrait 10

L'Atelier

J.-C. Grumberg

Jean-Claude Grumberg est né en 1939. Son père est déporté quand il a quatre ans et meurt en déportation. Il écrit L'Atelier *en 1979 et participe aussi, entre autres, à l'écriture du scénario du* Dernier métro *(voir p. 65). Le cadre de la pièce est un atelier de confection au lendemain de la guerre. L'action s'étend de 1945 à 1952. La scène 5, d'où est extrait le passage, se situe en 1947.*

LÉON. C'est ça, c'est ça, cours en zone libre, va, va, elle est partie elle, rejoindre sa mère, chez les péquenots[1], moi j'ai pas voulu non, je suis resté… toute la guerre à Paris moi monsieur ! J'ai même eu des faux papiers et tout, Richard, je m'appelais Richard, Léon Richard… Oui… j'allais partout, des jours j'étais moi avec étoile[2], des jours j'étais Richard sans étoile, j'ai même travaillé un peu sous ce nom-là chez un tailleur pour dames dans le seizième[3]… Un Italien… Les gens me disaient : faites attention monsieur Léon, mais moi je pensais : et même si je me fais prendre, ils me feront quoi. Un autre trou au cul ?… Personne savait à l'époque… l'aveuglement… l'aveuglement… J'allais même jouer au rami dans un café avec des Arméniens. Et puis fin 43, début 44, on commençait à dire partout qu'on nous prenait pour nous brûler, alors j'ai commencé à avoir sérieusement les choquottes[4], plus moyen de partir en zone libre y en avait même plus… Un jour j'arrive à la maison, le concierge me fait signe de ne pas monter,

1. Paysan (mot familier et péjoratif).
2. Ces jours-là, Léon portait l'étoile jaune que devaient porter les juifs.
3. Le XVIe arrondissement de Paris.
4. Avoir peur (argot).

ils étaient là-haut, trois petits jeunots avec des bérets, je les ai vus redescendre déçus, ils ont dit quelques mots au pipelet[5], c'est lui qui m'a planqué dans une chambre en haut, il me montait à bouffer et les nouvelles, je suis resté là, volets fermés, comme une taupe, j'attendais… Et puis un jour, toc toc toc, qui est là ? « Monsieur Léon ça y est, c'est la fin des haricots, les Frisés[6] sont en train de se débiner[7]. » Alors ça a explosé en moi, formidable. (*Un silence.*) Je me suis jeté dans la rue comme un vrai fou, j'avais nulle part où aller remarque : je regardais les gens, les visages surtout, ils avaient l'air heureux bien sûr mais, comment dire ?… (*Un temps.*) J'allais d'une barricade à une autre barricade… À un moment on m'a même collé un fusil, on me l'a repris aussitôt soi-disant que je le tenais à l'envers… Et puis voilà que je tombe dans un attroupement près d'un camion. Un tout jeune homme y montait bras bien en l'air, mains sur la tête, c'était un vert-de-gris rose et blond, son regard a croisé mon regard et, va savoir pourquoi, j'ai eu l'impression que ce trou du cul m'appelait au secours, les hommes, les fifis[8] qui le faisaient monter dans le camion le bousculaient un peu pour se donner l'air plus militaire, les femmes faisaient des plaisanteries et lui semblait me crier : « Et toi, oui toi, toi qui sais, toi qui as l'expérience, aide-moi, apprends-moi. » Brusquement je me jette vers lui en hurlant : « Ich bin yude, ich bin yude, ich bin leibedick[9] ! » Alors il a fermé les yeux et détourné la tête et il a été se cacher dans le fond du camion… Brusquement la panique, les femmes entraînaient leurs mouflets à l'abri des portes cochères : « Un autre Allemand, en civil celui-là et hargneux avec ça ! » Les fifis m'ont cerné, le chef tout en braquant sa mitraillette vers ma poitrine répétait : « Papir[10], papir… » J'ai essayé de rire, un

5. Concierge (familier).
6. Les Allemands (argot).
7. S'enfuir (populaire).
8. FFI : Force Française de l'Intérieur.
9. « Je suis juif, je suis juif, je suis vivant ! ».

gargouillis misérable est sorti de mon ventre, j'ai dit le plus calmement possible après avoir repris mon souffle : « Je suis juif monsieur l'officier résistant. » Je voulais qu'il sache que je suis juif et vivant, voilà c'est tout, alors j'ai crié, « je m'excuse… » Le chef des fifis m'a regardé un instant sans bouger, je voyais clairement dans ses yeux qu'il ne comprenait toujours pas pourquoi j'avais crié, qu'il ne comprendrait sans doute jamais, j'avais peur qu'il me demande d'expliquer, je me suis reculé, il a fait enfin un geste et tous les fifis se sont jetés dans le camion, magnifique !…

Les regards des autres continuaient à peser sur moi, j'écartais les bras, je baissais la tête, malgré moi mon corps, tout mon corps s'excusait, j'avais beau me répéter que c'était fini, que j'étais de nouveau un homme libre, rien à faire… Alors une voix, très ancien de Verdun[11], a dit très fort en détachant chaque syllabe : « Ici en France, on respecte les prisonniers de guerre ! » Mon gargouillis alors s'est fait plus sonore – l'estomac. Puis je suis devenu transparent tu sais comme l'homme invisible au cinéma et je les ai laissés entre eux, entre gens qui respectent les prisonniers de guerre, les conventions de Genève, les conférences de La Haye, les accords de Munich[12], les pactes germano-soviétiques et les croix, toutes les croix et je suis rentré chez moi, quelques jours après, la Boche… (*Il désigne Hélène du menton.*)… était de retour et on traçait notre premier matelas dans une espèce de feutrine mi-carton mi-buvard, à ce moment-là ils n'étaient pas difficiles, tout s'arrachait comme des petits pains, c'était le bon temps à part qu'on trouvait ni tissus, ni fournitures… (*Silence*)

Jean-Claude Grumbert, *L'Atelier*,

10. « Papier d'identité » en allemand.
11. Ancien combattant de la guerre de 1914-1918.
12. Allusion aux conférences et accords signés avant la guerre, justement pour l'empêcher.

Repérer et analyser

Le genre du texte

1 **a.** Comment voyez-vous que cet extrait appartient au genre théâtral ?
b. Qui sont les différents destinataires des paroles dans une pièce de théâtre ? Qui sont les personnages en présence ? Qui parle ? En quoi cet extrait présente-t-il une tirade ? Quel est le niveau de langage ?

La progression de la tirade et la visée

2 **a.** Comment Léon a-t-il dissimulé qui il était pendant la guerre ? Comment a-t-il évité de se faire arrêter ? Qui l'a aidé ? Comment ?
b. Quel sentiment transparaît dans les lignes 3-4 ?

3 Quelle première réaction Léon a-t-il en apprenant la fin de l'Occupation ? Se sent-il à l'unisson de la foule qui a envahi Paris ?

4 Comment désigne-t-il le soldat allemand qui est fait prisonnier ? Que lui dit-il ? De quels sentiments ces mots sont-ils les révélateurs ?

5 Expliquez la réaction de la foule quand il s'adresse à l'allemand. Se sent-il libre face aux autres ? Relevez les indices qui le montrent.

6 Appuyez-vous sur les jeux de regard : qu'éprouve Léon vis-à-vis de « gens qui respectent les prisonniers de guerre, les conventions de Genève… » (l. 66 à 68) ? Comment son attitude peut-elle s'expliquer ?

7 Comment Léon exprime-t-il sa souffrance ? Comment en même temps essaie-t-il de la dissimuler ? Analysez ses paroles, ses réactions physiques, les types de phrases employés…

8 Quelle image est donnée de l'ennemi vaincu ? En quoi les vainqueurs et les vaincus sont-ils unis par l'expérience de la souffrance ?

Lire et comparer

***Le Dernier Métro*, François Truffaut et Suzanne Schiffman**

François Truffaut (1932-1984) est un cinéaste français et Suzanne Schiffman (1929-2001) collabore avec des cinéastes. Dans *Le Dernier Métro*, Marion dirige le théâtre Montmartre à la place de son mari

Lucas Steiner qui, juif, a dû quitter la France précipitamment. Certains Parisiens, parce qu'ils sont plus riches, se fournissent au marché noir[1]…

Marion : Entrez !
Raymond : J'ai votre jambon Madame Steiner hein, ça fait quatre mille deux.
Marion : Quatre mille deux cents francs ?
Raymond : Oui, ben, il fait sept kilos, mais si vous trouvez que c'est trop cher, je peux le rendre facilement.
Marion : Non, non, je le garde. Ça me fera tout l'hiver. Quatre mille deux, hein ?
Raymond : Ouais, ouais, quatre mille deux.
Elle lui tend l'argent.
Marion : Voilà.
Raymond *(posant l'étui sur la table)* : Merci, voilà le violoncelle.
Marion : Mais qu'est-ce que vous voulez que je fasse d'un violoncelle ?
Raymond, assez content de lui, ouvre l'étui à violon et découvre le jambon emmailloté dans son torchon à carreaux rouges et blancs. Il écarte même le torchon afin que Marion puisse voir le jambon.
Raymond : Et voilà l'animal ! Regardez ça, sept kilos, sept ! J'ai pensé à l'étui à violoncelle parce que je vous voyais pas entrer à votre hôtel avec un jambon sous le bras. J'ai eu tort ?
Marion : Non, non, vous avez bien fait, c'est une très bonne idée,
Raymond : Merci.
Raymond : Bon, je vous laisse Madame Steiner, surtout vous oubliez pas de couper le courant en partant, puis vous fermez bien le volet parce que le nouveau chef d'îlot[2], hein, c'est une peau de vache.
Marion : D'accord, Bonsoir.
Raymond sorti, Marion sort le jambon de l'étui, le pose sur la table, regarde autour d'elle et dissimule l'étui à violon derrière des robes de théâtre suspendues sur des cintres.

F. Truffaut et S. Schiffman, *Le Dernier Métro*, Petite bibliothèque des Cahiers du cinéma, janvier 2001.

1. Commerce illicite pratiqué en période de rationnement et de contrôle des prix.
2. Agent de police chargé de faire respecter l'ordre dans un groupe d'immeubles d'un quartier.

9 **a.** Qui sont les personnages en présence ? Dans quel lieu se trouvent-ils ? Quelle transaction effectuent-ils ?
b. Relevez les paroles qui indiquent que le prix du jambon est élevé. Pourquoi Marion accepte-t-elle néanmoins la transaction ?

10 Pour survivre sous l'Occupation, il fallait souvent dissimuler et mentir. Les juifs, les résistants, dissimulaient pour ne pas être pris et déportés ou exécutés : sous quelle forme plus anodine le thème de la dissimulation apparaît-il ici ?

11 En quoi la situation dans laquelle se trouve Marion Steiner est-elle radicalement différente de celle qu'a vécue Léon pendant la guerre ? Qu'est-ce qui néanmoins peut les rapprocher ?

12 Quels aspects du quotidien de l'Occupation ces deux scènes révèlent-elles ?

Se documenter

Le thème de la fuite

Pour survivre pendant l'Occupation, d'autres auront choisi la fuite.

« On a marché. C'était un champ de choux. C'était en novembre et il gelait. Ma petite sœur a perdu une chaussure. Ma petite sœur s'est retrouvée dans ce champ avec sa poupée à la main qu'elle a aussi perdue dans le champ. Alors elle me tire encore la main : « Suzanne, j'ai perdu ma poupée. » « Chut, je t'en rachèterai une. » Je n'avais pas d'argent mais elle ne savait pas que je ne pouvais pas lui en racheter une. Alors on a marché, marché. Et tout d'un coup, on est arrivés près d'un buisson et on a vu un monsieur en sortir. Il était habillé en vert-de-gris comme les soldats allemands. Ma petite sœur me tire le bras et me dit : « Suzanne, regarde, c'est un boche. » Alors il prend ma petite sœur dans ses bras, l'embrasse et lui dit : « N'aie pas peur ma petite fille, je suis un soldat suisse et tu es sauvée. »

Sarah.

Paroles d'étoiles, © Éditions Librio, septembre 2002.

Extrait 11

Mémoires d'une juste

I. Opdyke

Séparée de sa famille depuis septembre 1939 (voir p. 23), Irena la retrouve, après bien des vicissitudes, en 1941. Le lendemain de son retour, sa sœur Janina l'emmène faire le tour de Radom, la ville où ils habitent, et elle découvre un monde différent de celui qu'elle connaissait avant la guerre.

Le lendemain, Janina me fit faire le tour de Radom[1] – une ville nouvelle, terriblement différente de celle que j'avais connue. Tous les noms de rues chantaient la gloire du IIIe Reich. Le restaurant où elle travaillait était géré par un couple de Polonais, mais était réservé aux Allemands. D'ailleurs, quel Polonais aurait eu les moyens d'aller au restaurant ?

Partout, dans les boutiques comme dans les rues, ce n'étaient que soldats et officiers de la Wehrmacht[2]. Parmi ces groupes vert-de-gris, l'uniforme des SS brillait d'un noir menaçant. Des bergers allemands, mâchoires toujours entrouvertes, le croc luisant et acéré, tiraient sur leurs laisses, désireux d'en découdre, et il était évident que l'on avait cultivé en eux les instincts les plus vicieux.

Tout au long des rues, des proclamations frappées de la croix gammée rappelaient incessamment les multiples règles qui régissaient désormais le sort des Polonais. Outre ces avertissements officiels, les murs étaient constellés d'affiches cruelles, sanglantes même, exhibant des caricatures de Juifs, apparemment coupables de tous les péchés du monde et accablés de tous les vices. D'après eux, tous les maux passés et présents

1. Ville de Pologne au sud de Varsovie, où vit la famille d'Irena.

2. Nom de l'armée régulière allemande.

de la Pologne venaient des Juifs. D'ailleurs, à chaque coin de rue, des haut-parleurs crachaient des conseils pour se protéger de la race maudite.

Dans une ruelle devant laquelle nous passions, trois nazis couvraient d'injures et de coups un vieux Juif qui, couché à terre, essayait de récupérer sa kippa[3] coincée sous la botte de l'un de ses bourreaux. Janina, livide, me tira par le bras pour m'obliger à descendre du trottoir.

Je ne pouvais croire ce que je voyais, mais chaque fois que je tentais d'aborder de front[4] la question, Janina hochait la tête et éludait le problème, apparemment terrorisée. Elle jetait des coups d'œil nerveux autour d'elle, de peur que des Allemands soient dans les parages, et me glissait à voix basse, presque sans remuer les lèvres : « C'est la Pologne, c'est comme ça, la Pologne d'aujourd'hui. »

Sans m'en dire davantage, elle m'amena sur la Reichstrasse. La Reichstrasse ? Je restai stupéfaite. Le comble, ce fut quand Janina céda humblement le trottoir à un groupe d'Allemands en goguette[5].

– Où est-ce que tu m'emmènes ? murmurai-je, articulant à peine, comme elle.

– Je veux te montrer quelque chose…

Nous allions à ce moment-là vers Glinice, le quartier juif de Radom. Nous approchions, quand nous butâmes soudain sur une muraille de bois couronnée de barbelés, barrant toutes les rues d'accès au ghetto[6]. Je n'ai rien dit, préférant ne pas demander la raison d'être de cette palissade barbare.

Nous avons fini par nous arrêter. Janina a fait semblant de vérifier l'accroche de mon collier et, en se tenant dans mon dos, m'a fait pivoter face à la rue barrée. Il y avait là une entrée

3. Calotte que portent les juifs pratiquants, notamment dans les synagogues.
4. Parler franchement, sans détours.
5. Décidés à faire la fête.
6. Quartier juif.

gardée par des soldats et des chiens. Une énorme pancarte mettait la population en garde contre les risques de typhus[7]. Le mot « *Verboten*[8] », inscrit en lettres géantes, semblait hurler à mes oreilles malgré la distance.

Janina s'occupait à décrocher et raccrocher mon collier, inlassablement. Ses mains tremblaient un peu.

– Le ghetto de Glinice, murmura-t-elle dans mon dos (je devinais ses mots plus que je ne les entendais). Ils y ont rassemblé de force tous les Juifs de Radom et des environs. Ici, et au ghetto de Varsovie.

Ghetto de Varsovie, 1943.

7. Maladie infectieuse.

8. Mot allemand signifiant « Interdit ».

Puis d'une voix forte, claire, et fausse, elle s'écria :
– Allez, Irena, on rentre à la maison !
Et elle salua d'un sourire éblouissant deux soldats de garde, qui nous suivirent du regard.
– Et… qu'est-ce que ça veut dire ? demandai-je à voix basse.
– Personne ne sait.

Cette ignorance, c'était comme une ombre qui planait sur la joie des retrouvailles. Nous ne savions pas ce qui se manigançait. Personne ne le savait. Chacun y allait donc de son hypothèse. Je devais bientôt m'apercevoir que les distributions de tickets de rationnement, pour le pain ou le fromage, étaient des nids à rumeurs. D'aucuns prétendaient qu'Hitler avait planifié l'extermination de tous les Juifs ; mais personne, dans ma famille tout au moins, ne pouvait le croire, parce que c'était impossible à croire. La plupart de nos voisins, à Radom, estimaient par ailleurs que les conditions d'existence des Juifs étaient le problème des Juifs : n'avions-nous pas déjà nos propres tracas, nous autres Polonais, méprisés, humiliés, brutalisés ?

Irène Opdyke, *Mémoires d'une juste*,

Questions

Repérer et analyser

Le genre, le narrateur, les personnages

1 **a.** Identifiez le genre du texte.
b. Qui le pronom de la première personne désigne-t-il ?
c. Par quel lien familial les deux personnages sont-ils unis ?

Les références à l'Histoire

2 **a.** Dans quel pays et quelle ville la scène se déroule-t-elle ? À quelle époque ?
b. Vers quel quartier les deux jeunes filles se dirigent-elles ?
c. Expliquez l'expression « une ville nouvelle » (l. 2). Quels éléments justifient cette dénomination ?

3 **a.** Quelles humiliations les juifs subissent-ils ? De quoi sont-ils responsables selon la propagande ?
b. Où tous les juifs se retrouvent-ils ? Sous quel prétexte empêche-t-on les autres Polonais d'approcher du ghetto ?
c. Les habitants de Radom savent-ils pourquoi les juifs ont été enfermés dans le ghetto ?

4 Sous quelles lois les Polonais ordinaires vivent-ils ? Relevez les éléments qui permettent de comprendre leur statut depuis l'arrivée des Allemands. Montrez qu'ils sont eux aussi humiliés par les envahisseurs.

5 Relisez le dernier paragraphe : quelles sont les trois attitudes différentes qu'adoptent les Polonais devant la situation des juifs ?

Le regard de la narratrice

6 **a.** Quelle est la couleur qui se réfère à l'uniforme allemand ? Dans quels extraits cette couleur était-elle déjà mentionnée ?
b. Relevez des détails qui montrent la suprématie des Allemands. Comment, par le choix du lexique et la place des mots dans les phrases, la narratrice fait-elle sentir leur omniprésence (adjectifs indéfinis, adverbes, verbes...) ?
c. Quelle vision des Allemands et de leurs chiens la narratrice communique-t-elle ? Appuyez-vous sur les adjectifs choisis pour les qualifier. À quel champ lexical appartiennent-ils ?

7 **a.** Comment Janina réagit-elle devant les Allemands en général ? Relevez les manifestations physiques de son trouble.
b. Quel geste fait-elle pour dissimuler ce qu'elle éprouve devant les gardes en faction devant le ghetto ? Pourquoi agit-elle ainsi ?

8 **a.** À quelle scène de la rue la narratrice assiste-t-elle ? Comment réagit-elle ? Relevez les marques de la stupéfaction et de l'incompréhension de la jeune fille quand elle découvre la réalité de Radom.
b. Quels adjectifs choisit-elle pour qualifier les affiches et la palissade qu'elle aperçoit dans la ville ?

9 De quels maux les juifs sont-ils accusés ? Comment l'adverbe modalisateur « apparemment » (l. 18-19) modifie-t-il le sens de « coupables » ? Quel autre modalisateur la narratrice utilise-t-elle dans la phrase suivante pour marquer ses distances par rapport à son énoncé ?

10 Les connotations

Les connotations sont les différentes images associées à un mot (ex : le mot été connote la gaieté, la chaleur).

« frappées » (l. 14), « crachaient » (l. 22), « bourreaux » (l. 27), « hurler » (l. 53) : à quel champ lexical ces mots appartiennent-ils ? Que connotent-ils ? Quel est l'effet produit ?

La visée

11 En quoi cet extrait constitue-t-il un témoignage ? Quels différents sentiments la narratrice cherche-t-elle à faire partager au lecteur ?

Lire et comparer

Le Pianiste, Wladyslaw Szpilman

Wladyslaw Szpilman (1911-2001) est un musicien polonais. Enfermé dans le ghetto de Varsovie, il réussit à s'en échapper et à survivre. En 1945, il rédige ses souvenirs dans le récit intitulé *Le Pianiste*. Roman Polanski en a fait une adaptation cinématographique en 2002. Le ghetto de Varsovie est créé le 12 octobre 1940.

Deux nouveaux développements sont alors venus affecter le moral collectif. Tout d'abord, les Allemands ont entrepris leur offensive

aérienne sur l'Angleterre ; ensuite, des panneaux sont apparus à l'entrée des rues qui allaient marquer par la suite les limites du ghetto juif, annonçant aux passants que ces artères étaient contaminées par le typhus et devaient donc être évitées. Un peu plus tard, l'unique quotidien en langue polonaise publié par les Allemands à Varsovie allait dispenser[1] le commentaire officiel à ce sujet. Non contents d'être des parasites sociaux, les Juifs étaient aussi des agents de contamination. Mais ils n'allaient pas être enfermés dans un ghetto, non, précisait l'article ; ce terme lui-même ne devait pas être utilisé, les Allemands constituant une race bien trop cultivée et généreuse pour confiner les Juifs, aussi parasitaires et néfastes fussent-ils, dans un espace dont l'idée remontait au Moyen Âge et qui n'avait donc plus sa place au sein de l'« ordre nouveau » européen. Par contre, un quartier séparé allait être défini dans la ville, réservé aux Juifs, où ils bénéficieraient d'une liberté totale et pourraient continuer à pratiquer les coutumes de leur race. Et si cette zone devait être entourée d'un mur, c'était uniquement par précaution hygiénique, afin d'empêcher le typhus et d'autres « maladies juives » de se répandre dans le reste de la cité. Cette charitable mise au point était accompagnée d'une petite carte qui reproduisait les frontières précises du futur ghetto. Nous avions au moins une consolation : notre rue se trouvant déjà dans la zone définie par les Allemands, nous n'avions pas à déménager. Les Juifs qui habitaient dans d'autres secteurs, par contre, étaient en mauvaise posture[2] – ils devaient débourser des sommes exorbitantes en pas-de-porte[3] et partir à la recherche d'un nouveau toit alors que le mois d'octobre était déjà entamé. Les plus chanceux ont pris les chambres encore disponibles rue Sienna, qui allait devenir les Champs-Élysées du ghetto, ou dans les proches environs. Les autres ont dû se contenter de tanières insalubres du côté des rues Gesia, Smocza et Zamenhof, faubourgs réservés au prolétariat[4] juif depuis la nuit des temps.

1. Faire connaître.
2. Situation.
3. Somme à payer par un commerçant pour obtenir la jouissance d'un local.
4. Population la plus pauvre.

C'est le 15 novembre que les portes du ghetto se sont refermées sur nous. Ce soir-là, j'avais un rendez-vous tout au bout de la rue Sienna, presque à la hauteur de Zelazna. Il bruinait[5] mais le temps restait inhabituellement clément[6] pour la saison. Des silhouettes portant leur brassard blanc s'agitaient dans la pénombre. On aurait dit des animaux qui se retrouvent soudain en cage et qui errent en tous sens, ne s'étant pas encore habitués à leur captivité. Les femmes se lamentaient, les enfants criaient de peur, perchés sur des tas de draps et de couvertures qui s'imprégnaient de pluie et de la saleté du trottoir. C'étaient des familles juives qui avaient été conduites de force dans le ghetto à la dernière minute et qui se retrouvaient là, sans abri. Un demi-million de personnes étaient soudain à la recherche d'un toit dans une partie déjà surpeuplée de la capitale, qui pouvait accueillir difficilement plus de cent mille habitants.

Au bout de la rue obscure, j'ai aperçu une palissade en bois toute neuve dans la lumière des projecteurs : c'était la porte du ghetto. Derrière elle vivaient des êtres libres de leurs mouvements, qui disposaient chacun d'un espace décent. Ils résidaient à Varsovie, eux aussi. Mais désormais plus un Juif ne serait autorisé à passer par là.

Wladyslaw Szpilman, *Le Pianiste*,

12 **a.** *Le Pianiste* relève-t-il du genre autobiographique ?
b. Faites le relevé des informations identiques données dans les deux textes. Quelles informations supplémentaires le narrateur du pianiste apporte-t-il sur le ghetto ? et sur sa situation personnelle ?

13 À quelle date le ghetto se referme-t-il sur les juifs de Varsovie ? Quelle est la réaction de certaines familles enfermées ? Pourquoi ?

14 **a.** Relevez les traces d'ironie dans le premier paragraphe.
b. Le récit d'Irena ne contient aucune ironie : comment cette différence s'explique-t-elle ?

15 Voyez le film de Roman Polanski, *Le Pianiste*, sorti en 2002.

5. Pluie très fine.

6. Doux.

Extrait 12

La Promesse de l'aube

R. Gary

Romain Gary (1914-1980) est né à Wilno en Lituanie. Il arrive en France à l'âge de treize ans et est élevé par une mère qui place en lui de grandes espérances. Engagé dans l'aviation, il rejoint la France libre en 1940 et termine la guerre comme Compagnon de la Libération. Il fait ensuite carrière dans la diplomatie et commence à écrire. En 1956, il obtient le prix Goncourt pour Les Racines du ciel. *Il publie, en 1960,* La Promesse de l'aube, *roman dans lequel il raconte son enfance et sa jeunesse tout en rendant hommage à sa mère.*

L'Armistice de 1940 vient d'être signé et le narrateur qui refuse cette défaite s'envole pour l'Algérie. Restée à Nice, sa mère s'oppose, elle aussi, à l'Armistice.

L'appel du général de Gaulle à la continuation de la lutte date du 18 juin 1940. Sans vouloir compliquer la tâche des historiens, je tiens cependant à préciser que l'appel de ma mère à la poursuite du combat se situe le 15 ou le 16 juin – au moins deux jours auparavant. De nombreux témoignages existent sur ce point et peuvent être recueillis aujourd'hui encore au marché de la Buffa[1].

Vingt personnes devaient me rapporter une scène effarante, dont le spectacle, grâce au ciel, me fut épargné, mais qui me fait encore rougir de honte lorsque j'y pense, et où ma mère, debout sur une chaise devant l'étalage de légumes de M. Pantaleoni, brandissant sa canne, invitait le bon peuple à refuser l'armistice et à aller continuer la guerre en Angleterre,

1. Quartier de Nice.

aux côtés de son fils, le célèbre écrivain, lequel était déjà en train de porter à l'ennemi des coups mortels. Pauvre femme. Des larmes me montent aux yeux lorsque je pense que la malheureuse finissait sa tirade en ouvrant son sac et en exhibant à la ronde une page d'hebdomadaire qui contenait une nouvelle de moi. Il a dû y avoir des rieurs. Je ne leur en veux pas. Je m'en veux seulement d'avoir manqué de talent, d'héroïsme, de n'avoir su être que moi. Ce n'est pas ça que j'aurais voulu lui offrir.

La mise en panne des avions sur les terrains d'Afrique du Nord[2] nous emplit de consternation. Ma mère tempêtait, protestait, s'en prenait à moi, à ma mollesse, s'indignait de cette façon que j'avais de rester là, écroulé sur mon lit de camp, au lieu de réagir énergiquement, d'aller trouver, par exemple, le général Noguès[3] pour lui dire, en quelques phrases bien senties, ce que j'en pensais. J'essayai de lui expliquer que le général n'allait même pas me recevoir, mais je la voyais déjà, armée de sa canne, sur les marches de la Résidence, et je savais bien qu'elle aurait trouvé le moyen, elle, de se faire écouter. Je me sentais indigne.

Romain Gary, *La Promesse de l'aube*,
coll. « Folio », © Éditions Gallimard, mai 1990.

2. « L'Armistice était accepté par les autorités de l'Afrique du Nord » et ordre avait été donné de mettre en panne tous les avions.

3. Nommé en juin 1940 général commandant en chef de l'Afrique du Nord, le général Noguès (1876-1971) refusa de continuer la guerre contre l'Allemagne après l'Armistice de 1940 et fit même arrêter des résistants comme Georges Mandel.

Extrait 13

W ou le souvenir d'enfance

G. Perec

Réfugié à Villars-de-Lans, dans les Alpes, le narrateur enfant rencontre, à l'occasion d'une promenade organisée par le collège, des résistants.

Un jeudi après-midi du printemps ou de l'été 1944, nous allâmes en promenade dans la forêt, emportant nos goûters, ou plutôt, sans doute, ce que l'on nous avait dit être nos goûters, dans des musettes[1]. Nous arrivâmes dans une clairière, où nous attendait un groupe de maquisards[2]. Nous leur donnâmes nos musettes. Je me souviens que je fus très fier de comprendre que cette rencontre n'était pas du tout le fait du hasard et que la promenade habituelle du jeudi[3] n'avait été cette fois que le prétexte choisi pour aller ravitailler les Résistants. Je crois qu'ils étaient une douzaine : nous, les enfants, devions bien être trente. Pour moi, évidemment, c'étaient des adultes, mais je pense maintenant qu'ils ne devaient pas avoir beaucoup plus de vingt ans. La plupart portaient la barbe. Quelques-uns seulement avaient des armes ; l'un d'eux en particulier portait des grenades qui pendaient à ses bretelles et c'est ce détail qui me frappa le plus. Je sais aujourd'hui que c'étaient des grenades défensives, que l'on jette pour se protéger en se repliant et dont l'enveloppe d'acier guilloché[4] explose en centaines de fragments meurtriers, et non des grenades offensives, que l'on lance devant soi avant d'aller à l'assaut et qui font plus de peur et de bruit que

1. Sac de toile porté en bandoulière.
2. Résistants s'étant réfugiés dans un lieu tenu secret.
3. Le jeudi était le jour de congé des enfants de l'école.
4. Acier gravé de lignes.

de mal. Je ne me rappelle pas si cette promenade fut exceptionnelle, ou si elle se renouvela plusieurs fois. C'est longtemps après que j'appris que les directrices du collège « étaient dans la Résistance ».

Georges Perec, *W ou le souvenir d'enfance*,

Maquisards à Loulans-les-Forges, en Haute-Saône, 26 août 1944.

Questions

Repérer et analyser

La situation d'énonciation

1 **a.** Les deux extraits appartiennent au genre autobiographique. Quel est le pronom personnel qui désigne le narrateur ?
b. Dans quel extrait le narrateur raconte-t-il une scène à laquelle il n'a pas participé ? Dans quel extrait participe-t-il à l'action ?

Les références à l'Histoire : la Résistance

2 À quelle date chacune des scènes se déroule-t-elle ? Dans quelle ville et dans quel lieu précis ?
3 Quelle scène chacun des narrateurs raconte-t-il ?
4 Qui sont les personnages qui font de la Résistance dans chacune des scènes ? Lequel des deux narrateurs y joue un rôle actif ? Lequel se voit reprocher son inaction ?

Le regard du narrateur

Le narrateur de *La Promesse de l'aube*

5 Relevez l'adjectif par lequel le narrateur qualifie la scène qu'il raconte. Pour quelle raison la qualifie-t-il ainsi ?
6 À qui le narrateur compare-t-il implicitement sa mère au début de l'extrait ? Comment cette comparaison peut-elle se justifier ? En quoi le narrateur fait-il preuve ici d'ironie ? Quels sentiments contradictoires éprouve-t-il pour sa mère ? Pourquoi se sent-il indigne ?

Le regard de Perec

7 **a.** Quelle vision l'enfant a-t-il des résistants ? Quel détail semble l'avoir plus particulièrement frappé ? Justifiez votre réponse.
b. Relevez les passages qui renvoient au narrateur adulte. À quel temps sont-ils ? Comment l'adulte corrige-t-il la vision de l'enfant ?

La visée

8 À partir de ces extraits, dites quelles différentes formes a pu prendre la Résistance.

Écrire

Écrire une lettre

9 Imaginez la lettre que Romain Gary aurait pu écrire à sa mère en apprenant ce qu'elle avait fait au marché de la Buffa. Vous ferez part des sentiments éprouvés par le fils et introduirez dans votre texte des passages argumentatifs l'incitant à se montrer plus prudente en public.

Lire et comparer

1. *La Traversée de la nuit*, G. Anthonioz de Gaulle

Geneviève Anthonioz de Gaulle (1920-2002), nièce du général De Gaulle, est engagée dès 1940 dans la Résistance. Elle est arrêtée en 1943 et déportée au camp de concentration de Ravensbrück. Elle racontera cette période douloureuse dans *La Traversée de la nuit*, récit paru en 1998.

« Le 17 juin 1940, nous avions entendu ensemble l'allocution radiodiffusée du maréchal Pétain, nous l'avions entendue avec indignation et stupeur. Comment accepter presque sans combat cette lâche défaite ? Roger avait dix-sept ans, moi dix-neuf. Le lendemain nous étions sur les routes en Bretagne avec tant d'autres réfugiés. Nous avions vu les premiers soldats allemands : un détachement de motocyclistes avec leurs vestes et leurs casques noirs. Quelle humiliation, quelle rage au cœur pour mon père, et les quelques officiers de réserve, sans armes et déjà âgés. Ma grand-mère était avec nous, elle qui avait pleuré petite fille en apprenant la défaite de Sedan. Du fond de la place, un prêtre était accouru, porteur d'une grande nouvelle : il avait entendu à la radio de Londres un jeune général qui appelait à continuer le combat, il le nommait. Ma grand-mère s'était redressée, petite et frêle dans sa robe noire, et tirait le prêtre par la manche : « Monsieur le curé, mais c'est mon fils, monsieur le curé, mais c'est mon fils ! » Un mois après, elle était morte, après avoir entendu plusieurs fois la voix du général de Gaulle, si fière de lui, adhérant à ses paroles avec toute son âme. Dans mon cachot obscur, je revois sa tombe fleurie tous les jours par des mains anonymes. Elle n'a pas douté un instant que les siens

suivraient la voie de l'honneur, donc de la Résistance. Pendant ses dernières heures de vie, elle m'avait dit : « Je souffre pour mon fils », et elle avait trois autres fils et une fille dont elle était sans nouvelles. Mais Charles d'abord avait ses pensées parce qu'il avait la mission de « ramasser les tronçons du glaive ». Ma part, dans le bunker de Ravensbrück, était maintenant l'offrande de ma vie, une façon aussi de rejoindre le combat. »

G. Anthonioz de Gaulle, *La Traversée de la nuit*,
© Éditions du Seuil, 1998, coll. « Points », 2001.

10 **a.** Quel sentiment la narratrice, sa famille et les officiers de réserve éprouvent-ils à l'annonce de la signature de l'Armistice ? Quelle expression la narratrice utilise-t-elle pour en parler ?
b. Dans un tel contexte, quelle réaction l'appel du général De Gaulle provoque-t-il ?
11 Pourquoi la narratrice juge-t-elle bon d'introduire à cet endroit précis la description de sa grand-mère : « petite et frêle dans sa robe noire… » ? Quel effet produit ce portrait ?
12 Relevez les points communs entre le texte de R. Gary et celui de G. Anthonioz de Gaulle (dates, allusion à des personnages).
13 Qu'éprouvent ces deux mères pour leurs fils ? Comment le manifestent-elles ?

2. *L'Armée des ombres*, J. Kessel

« Mon hôte maintenant est le baron de V… Et mon logement un beau château Louis XIII. La propriété comprend un parc, un bois, un étang, des terres étendues et riches. On ne peut imaginer un refuge plus sûr et plus agréable. Je vais pouvoir rétablir les liaisons et former des plans avec tranquillité. Le baron se met entièrement à mon service. C'est un personnage. Un long nez, le teint brûlé par le soleil et le vent, des yeux petits et durs, il tient à la fois du loup et du renard. Il n'aime que ses terres et la chasse. Ancien officier de cavalerie, bien entendu. Sa femme et ses enfants vivent dans la terreur. Le seul être qui lui en impose est sa sœur aînée, vieille fille[1] qui ne quitte jamais sa culotte de cheval. Le baron de V…

1. Restée célibataire.

était un ennemi juré de la République. Il avait composé avant la guerre, avec ses métayers[2], ses valets de chiens et ses piqueurs[3], un peloton armé de fusils de chasse et de revolvers, qui était destiné à enlever d'assaut, à cheval, la préfecture voisine, en cas d'insurrection royaliste. Ce peloton, parfaitement organisé, parfaitement entraîné, existe toujours. Mais il agira contre les Allemands. Les armes ne manquent pas. On fait de nombreux parachutages sur les terres du baron. Il n'appartient à aucune organisation de résistance. Mais il les aide toutes. Quand sa femme et ses enfants sont couchés, il part avec sa sœur, à cheval tous les deux, faire la réception des parachutes.

C'est à ce féodal[4] que m'a confié notre chef de secteur, secrétaire de syndicat. J'ai plaisanté le baron de V… sur sa complicité avec un révolutionnaire[5]. Il m'a dit : « Je préfère, Monsieur, une France rouge à une France qui rougisse. »

Hasard ? Chance ? Prémonition[6] ? Instinct ? J'ai quitté le château il y a une semaine. Deux jours après mon départ, le baron de V… a été pris en même temps que le cheminot[7], notre chef de secteur. Ils sont déjà fusillés. »

J. Kessel, *L'Armée des ombres*, © Croix-Rouge Irlandaise.

14 Quel est le milieu social du baron ? Quelle est sa tendance politique ?

15 **a.** Expliquez le jeu de mots : « Je préfère, Monsieur, une France rouge à une France qui rougisse ». En quoi diffère-t-il des Résistants déjà rencontrés dans l'ouvrage ? Quels points communs a-t-il avec eux ?
b. Quelle est sa façon de résister ? Que lui arrive-t-il ? Comment le narrateur exprime-t-il la rapidité de la succession des événements ?

16 En quoi cet extrait revêt-il une dimension tragique ?

17 Quels éléments différencient les personnages rencontrés dans les quatre extraits (les deux mères, Gary, Perec enfant et le baron) ? Montrez que leur attitude envers la France est identique.

2. Exploitants agricoles liés à un propriétaire foncier qui loue ses terres en échange d'une partie de la production.
3. Valets de chien, qui suivent à cheval la bête poursuivie par la meute à la chasse.
4. Grand propriétaire terrien dont la mentalité et le pouvoir évoquent ceux d'un seigneur du Moyen âge.
5. Le chef de secteur dans cette région est communiste.
6. Pressentiment.
7. Employé d'un chemin de fer.

Extrait 14

Dernière lettre de Missak Manouchian

M. Manouchian

Missak Manouchian (1906-1944) est né dans une famille de paysans arméniens en Turquie. Enfant, il perd son père (victime du génocide arménien) et sa mère (morte de maladie et de privations). Il arrive en France en 1925, adhère au Parti Communiste en 1934 et intègre le groupe arménien de la MOI (main-d'œuvre ouvrière immigrée). Après la défaite de 1940, il entre dans la Résistance et dirige un réseau de la FTP-MOI (francs-tireurs partisans de la MOI). Le 16 novembre 1943, il est arrêté et son réseau démantelé. Après un procès de trois jours, il est condamné à mort et fusillé avec vingt et un de ses camarades au mont Valérien. Dans le même temps, les murs de la France se couvrent d'une affiche rouge qui présente le groupe de Manouchian comme une association de criminels étrangers souhaitant la destruction de la France. Le jour de son exécution, il écrit une dernière lettre à sa femme.

Ma Chère Mélinée, ma petite orpheline bien-aimée,

Dans quelques heures, je ne serai plus de ce monde. Nous allons être fusillés cet après-midi à 15 heures. Cela m'arrive comme un accident dans ma vie, je n'y crois pas mais pourtant je sais que ne te verrai plus jamais.

Que puis-je t'écrire ? Tout est confus en moi et bien clair en même temps.

Je m'étais engagé dans l'Armée de Libération en soldat volontaire et je meurs à deux doigts de la Victoire et du but. Bonheur à ceux qui vont nous survivre et goûter la douceur de la Liberté et de la Paix de demain. Je suis sûr que le peuple français

***L'Affiche rouge*, 1944.**

et tous les combattants de la Liberté sauront honorer notre mémoire dignement. Au moment de mourir, je proclame que je n'ai aucune haine contre le peuple allemand et contre qui que ce soit, chacun aura ce qu'il méritera comme châtiment et comme récompense.

Le peuple allemand et tous les autres peuples vivront en paix et en fraternité après la guerre qui ne durera plus longtemps. Bonheur à tous... J'ai un regret profond de ne t'avoir pas rendue heureuse, j'aurais bien voulu avoir un enfant de toi, comme tu le voulais toujours. Je te prie donc de te marier après la guerre, sans faute, et d'avoir un enfant pour mon bonheur, et pour accomplir ma dernière volonté, marie-toi avec quelqu'un qui puisse te rendre heureuse. Tous mes biens et toutes mes affaires je les lègue à toi à ta sœur et à mes neveux. Après la guerre tu pourras faire valoir ton droit de pension de guerre en tant que ma femme, car je meurs en soldat régulier de l'armée française de la libération.

Avec l'aide des amis qui voudront bien m'honorer, tu feras éditer mes poèmes et mes écrits qui valent d'être lus. Tu apporteras mes souvenirs si possible à mes parents en Arménie. Je mourrai avec mes 23 camarades tout à l'heure avec le courage et la sérénité d'un homme qui a la conscience bien tranquille, car personnellement, je n'ai fait de mal à personne et si je l'ai fait, je l'ai fait sans haine. Aujourd'hui, il y a du soleil. C'est en regardant le soleil et la belle nature que j'ai tant aimée que je dirai adieu à la vie et à vous tous, ma bien chère femme et mes bien chers amis. Je pardonne à tous ceux qui m'ont fait du mal ou qui ont voulu me faire du mal sauf à celui qui nous a trahis pour racheter sa peau et ceux qui nous ont vendus. Je t'embrasse bien fort ainsi que ta sœur et tous les amis qui me connaissent de loin ou de près, je vous serre tous sur mon cœur. Adieu. Ton ami, ton camarade, ton mari.

Michel Manouchian, DR.

Repérer et analyser

La situation d'énonciation

1 **a.** Identifiez le genre du texte. S'agit-il d'un texte authentique ou d'un texte fictif ? Qui sont l'énonciateur et le destinataire ?
b. Selon vous, l'énonciateur écrit-il en songeant à d'autres destinataires (destinataires seconds) ?

2 À qui renvoie le pronom personnel « nous » (deuxième phrase) ? À quelle date, dans quel lieu et dans quelles circonstances l'énonciateur écrit-il ce texte ?

Le contenu de la lettre

3 **a.** Comment, à travers ses mots, Manouchian manifeste-t-il son amour pour Mélinée ? Quelle preuve lui en donne-t-il ? Relevez le champ lexical de l'amour et de la tendresse.
b. Sur quels points pratiques et matériels insiste-t-il ? Quelles demandes précises fait-il ?
c. Quel effet ces demandes produisent-elles alors qu'on sait qu'il va mourir ?

4 Dans quel état d'esprit affronte-t-il la mort ? Relevez la phrase qui l'indique.

5 Que symbolise le soleil pour Manouchian ? Pourquoi est-ce important pour lui qu'il fasse beau ?

6 **a.** Quels sont les idéaux pour lesquels il a combattu ? A-t-il raison de dire que la victoire est proche ? Justifiez votre réponse.
b. Au-delà de la victoire, quelles sont ses certitudes ?
c. Comment sa confiance dans la France se manifeste-t-elle ?

7 **a.** Quelle est son attitude vis-à-vis du peuple allemand ? Comment l'expliquez-vous ? À qui en veut-il précisément ?
b. « Je proclame » (l. 13) : quel ton adopte-t-il par ces mots ?

La visée

8 **a.** Quelle est la valeur du futur « serai » (première phrase) ? Comment ce futur est-il renforcé ? Quel est l'effet produit ?

b. De quelle façon l'émotion perce-t-elle sous les paroles de Manouchian ?

9 **a.** En quoi peut-on dire que ce texte a valeur de testament ? Quel message Manouchian transmet-il : un message d'amour ou de haine ? Y a-t-il place pour le pardon ?

b. Quels sentiments et émotions le lecteur peut-il ressentir à la lecture d'une telle lettre ?

Lire et comparer

1. *L'Affiche rouge*, Louis Aragon

Louis Aragon (1897-1982) est un poète, romancier et journaliste français. Après la défaite de 1940, il organise des réseaux de Résistance en zone Sud. En 1946, il fait paraître *La Diane française*, recueil de poèmes écrits pendant la guerre et à la Libération. Le poème *L'Affiche rouge* est publié dans *Le Roman inachevé*, en 1956.

Vous n'avez réclamé ni gloire ni les larmes
Ni l'orgue ni la prière aux agonisants
Onze ans déjà que cela passe vite onze ans
Vous vous étiez servis simplement de vos armes
La mort n'éblouit pas les yeux des Partisans[1]

Vous aviez vos portraits sur les murs de nos villes
Noirs de barbe et de nuit hirsutes[2] menaçants
L'affiche qui semblait une tache de sang[3]
Parce qu'à prononcer vos noms sont difficiles
Y cherchait un effet de peur sur les passants

Nul ne semblait vous voir Français de préférence
Les gens allaient sans yeux pour vous le jour durant
Mais à l'heure du couvre-feu des doigts errants
Avaient écrit sous vos photos MORTS POUR LA FRANCE

1. Allusion au groupe de la FTP-MOI.
2. Les photos publiées sur l'affiche montraient les résistants mal rasés et les cheveux en désordre.
3. L'affiche était rouge.

Et les mornes[4] matins en étaient différents
Tout avait la couleur uniforme du givre
À la fin février pour vos derniers moments
Et c'est alors que l'un de vous dit calmement
Bonheur à tous Bonheur à ceux qui vont survivre
Je meurs sans haine en moi pour le peuple allemand

Adieu la peine et le plaisir Adieu les roses
Adieu la vie adieu la lumière et le vent
Marie-toi sois heureuse et pense à moi souvent
Toi qui vas demeurer souvent dans la beauté des choses
Quand tout sera fini plus tard en Erivan

Un grand soleil d'hiver éclaire la colline[5]
Que la nature est belle et que le cœur me fend
La justice viendra sur nos pas triomphants
Ma Mélinée ô mon amour mon orpheline
Et je te dis de vivre et d'avoir un enfant

Ils étaient vingt et trois quand les fusils fleurirent
Vingt et trois qui donnaient le cœur avant le temps
Vingt et trois étrangers[6] et nos frères pourtant
Vingt et trois amoureux de vivre à en mourir
Vingt et trois qui criaient la France en s'abattant

Louis Aragon, *L'Affiche rouge*, « Strophes pour se souvenir »,
in *Le Roman inachevé*, © Éditions Gallimard.

10 *L'Affiche rouge* (p. 85) : la propagande allemande et le gouvernement de Vichy veulent présenter les résistants du groupe Manouchian comme des criminels. Comment s'y prennent-ils ? Pour répondre, demandez-vous pourquoi l'affiche était rouge, comment les hommes apparaissaient sur les photos, quelle était la réponse à la question posée en haut de l'affiche, par quelle expression Manouchian était désigné, et enfin ce que représentaient les photos sous la flèche.

11 Au-delà du groupe de résistants arrêtés, quelle image les Allemands et Vichy veulent-ils donner de la Résistance ?

4. Tristes.
5. Le mont Valérien où ils furent fusillés.
6. Le groupe était composé essentiellement d'immigrés.

12 Qui sont les destinataires du poème d'Aragon ? Combien d'années se sont écoulées depuis l'exécution de Manouchian et ses compagnons ? À quelle période les verbes à l'imparfait renvoient-ils ? Quelle est la valeur du présent « éblouit » ?

13 **a.** Qu'évoque le poète dans les deuxième et troisième strophes ?
b. Comment les résistants étaient-ils représentés ? Dans quel but ?
c. Sur quelles oppositions reposent la troisième strophe et la dernière ?
d. Quels arguments le poète oppose-t-il à l'affiche placardée ?

14 Comparez la lettre de Manouchian au poème qu'en fait Aragon : quelles paroles du résistant reprend-il ?

15 L'anaphore

> On appelle anaphore la reprise d'un mot ou d'un groupe de mots en tête de phrase ou de vers.

Quel effet produisent les anaphores de « adieu » (v. 21-22) ?

16 Quelle est la visée du poème ?

2. Lettre de Boris Vildé

Boris Vildé (1908-1942) est un ethnologue. Né en Russie, il s'installe à Paris en 1932. Il sera à l'origine du réseau de Résistance du musée de l'Homme et sera arrêté par les Allemands en 1941. Jusqu'en janvier 1942, il tiendra son journal à la prison de Fresnes. Il sera exécuté au mont Valérien le 23 février 1942, quelques heures après avoir écrit la lettre suivante à sa femme.

Ma bien aimée, Irène chérie,

Pardonnez-moi de vous avoir trompée[1] : quand je suis redescendu pour vous embrasser encore une fois, je savais déjà que c'était pour aujourd'hui. Pour dire la vérité je suis fier de mon mensonge : vous avez pu constater que je ne tremblais pas et que je souriais comme d'habitude. Ainsi j'entre dans la vie en souriant, comme dans une nouvelle aventure, avec quelque regret mais sans remords ni peur. À vrai dire je suis déjà tellement engagé dans le chemin de la mort que le retour à la vie me paraît de toutes façons trop difficile, sinon impossible.

1. Boris Vildé avait appris au cours de la visite de sa femme Irène qu'il serait exécuté le jour même mais il lui avait caché. Celle-ci était donc repartie sans se douter de rien.

Ma chérie, pensez à moi comme à un vivant et non comme à un mort. Je vous ai donné tout ce que j'ai pu donner. Je suis sans crainte pour vous : un jour viendra où vous n'aurez plus besoin de moi ni de mes lettres ni de mon souvenir. Ce jour-là vous m'aurez rejoint dans l'éternité, dans le vrai amour. Jusqu'à ce jour ma présence spirituelle (la seule vraie) vous accompagnera partout.

Vous savez combien j'aime vos parents qui sont devenus mes parents. C'est à travers des Français comme eux que j'ai appris à connaître et à aimer la France, ma France. Que ma fin soit pour eux un orgueil plutôt qu'un chagrin.

J'aime beaucoup Eveline[2] et je suis sûr qu'elle saura vivre et travailler pour faire une France nouvelle. Je pense fraternellement à toute la famille Mahn. Tâchez d'adoucir la nouvelle de ma mort à ma mère et à ma sœur ; j'ai pensé souvent à eux et à mon enfance. Dites à tous les amis mes remerciements et mon affection.

Il ne faut pas que notre mort soit un prétexte pour une haine contre l'Allemagne. J'avais agi pour la France, mais non contre les Allemands. Ils font leur devoir comme nous avons fait le nôtre. Qu'on rende justice à notre souvenir après la guerre, cela suffit. D'ailleurs nos camarades du musée de l'Homme ne nous oublieront pas.

Ma chérie, j'admire beaucoup votre courage et j'emporte avec moi le souvenir de votre visage souriant. Tâchez de sourire lorsque vous recevrez cette lettre comme je souris moi-même en l'écrivant (je viens de me regarder dans la glace, j'y ai trouvé mon visage habituel). Il me vient à l'esprit le quatrain que j'ai composé il y a quatre semaines :

Comme toujours impassible
Et courageux (inutilement)
Je servirai de cible
Aux douze fusils allemands

En vérité je n'ai pas beaucoup de mérite à être courageux. La mort est pour moi la réalisation du Grand Amour, l'entrée dans la vraie

2. La sœur de sa femme.

Réalité. Sur la terre vous en représentiez pour moi une autre possibilité. Soyez-en fière.

Gardez comme dernier souvenir mon alliance : je l'embrasse avant de l'enlever.

Il est beau de mourir complètement, sain et lucide, en possession de toutes ses facultés spirituelles. Assurément c'est une fin à ma mesure qui vaut mieux que de tomber à l'improviste sur un champ de bataille ou de partir lentement rongé par une maladie.

Je crois que c'est tout ce que j'avais à dire. D'ailleurs bientôt il est temps. J'ai entrevu quelques-uns de mes camarades[3]. Ils sont bien ; cela me fait plaisir.

Mon amour, zvierik[4] chérie, une immense tendresse monte vers vous du fond de mon âme. Je vous sens tout près de moi. Je suis entouré de votre amour, de notre amour qui est plus fort que la mort. Ne regrettons pas le pauvre bonheur, c'est si peu de chose à côté de notre joie. Comme tout est clair ! L'éternel soleil de l'amour monte de l'abîme de la mort.

Ma bien-aimée, je suis prêt, j'y vais. Je vous quitte pour vous retrouver dans l'éternité.

Je bénis la vie qui m'a comblé de ses présents.

Toujours vôtre
Boris

Journal et lettres de prison, © Cahiers de l'IHTP, n° 7, février 1988.

17 À quel moment précis les deux hommes écrivent-ils leur dernière lettre ? À qui est-elle destinée ?

18 Comparez les itinéraires de Manouchian et Vildé (origine, milieu social, rôle dans la Résistance…). Quels sentiments éprouvent-ils pour la France ? De qui tous deux ont-ils le souci ? En quoi l'attitude de Vildé envers les Allemands est-elle identique à celle de Manouchian ?

19 Comment acceptent-ils leur mort ? Quelle dimension supplémentaire Vildé introduit-il dans sa lettre (l. 55 à 60) ?

3. Les autres condamnés à mort du musée de l'Homme, six hommes et trois femmes. Les hommes seront fusillés en même temps que Boris Vildé.
4. Mot russe. Diminutif affectueux signifiant petit animal.

Extrait 15

« Ce cœur qui haïssait la guerre... »

R. Desnos

Robert Desnos (1900-1945) est un poète français. Il exerce différents métiers, dont celui de journaliste, tout en écrivant des poèmes. Il intègre un moment le groupe surréaliste puis s'en éloigne dès 1927, en raison de différends politiques avec André Breton et Louis Aragon. Pendant la guerre, son activité de journaliste lui permet de couvrir ses activités de Résistant. Il continue cependant à manifester ses opinions au grand jour et est arrêté le 22 février 1944 puis déporté. Acheminé à Terezin en Tchécoslovaquie, en avril 1945, malade et épuisé, il meurt le 8 juin.

Le poème paraît en 1946 dans L'Honneur des poètes *avant d'être repris dans le recueil* Domaine public.

1 Ce cœur qui haïssait la guerre voilà qu'il bat pour le combat et la bataille !

2 Ce cœur qui ne battait qu'au rythme des marées, à celui des saisons, à celui des heures du jour et de la nuit,

3 Voilà qu'il se gonfle et qu'il envoie dans les veines un sang brûlant de salpêtre[1] et de haine

4 Et qu'il mène un tel bruit dans la cervelle que les oreilles en sifflent

5 Et qu'il n'est pas possible que ce bruit ne se répande pas dans la ville et la campagne

1. Nitrate, en particulier de potassium.

6 Comme le son d'une cloche appelant à l'émeute et au combat.

7 Écoutez, je l'entends qui me revient renvoyé par les échos.

8 Mais non, c'est le bruit d'autres cœurs, de millions d'autres cœurs battant comme le mien à travers la France.

9 Ils battent au même rythme pour la même besogne tous ces cœurs,

10 Leur bruit est celui de la mer à l'assaut des falaises

11 Et tout ce sang porte dans des millions de cervelles un même mot d'ordre :

12 Révolte contre Hitler et mort à ses partisans !

13 Pourtant ce cœur haïssait la guerre et battait au rythme des saisons,

14 Mais un seul mot : Liberté a suffi à réveiller les vieilles colères

15 Et des millions de Français se préparent dans l'ombre à la besogne que l'aube proche leur imposera.

16 Car ces cœurs qui haïssaient la guerre battaient pour la liberté au rythme même des saisons et des marées, du jour et de la nuit.

Robert Desnos, « Ce cœur qui haïssait la guerre... »,
in *Destinée arbitraire*, © Éditions Gallimard, 1975.

Questions

Repérer et analyser

Le genre et la situation d'énonciation

1 À quel genre le texte appartient-il ?

2 À qui renvoie le pronom personnel « je » (v. 7) ? Quel cœur le poète désigne-t-il par l'expression « ce cœur » (v. 1) ?

3 Qui est le destinataire du poème ? Sous quelle forme apparaît-il dans le poème ?

4 **a.** Justifiez les emplois du présent « bat » et de l'imparfait « battait ».
b. À quels moments renvoient respectivement les verbes au passé et ceux au présent ?

L'engagement du poète

Un paradoxe exprime une contradiction apparente.

5 **a.** Sur quelle opposition le poème est-il construit ? Sur quel paradoxe ? Relevez le champ lexical qui exprime les opinions pacifistes de Desnos, le verbe qui insiste sur son opposition à la guerre (combien de fois est-il répété ?) et le champ lexical du combat (en quoi renvoie-t-il au contexte historique ?).
b. Les allitérations

On appelle allitération la répétition du même son consonne dans une suite de mots ou de vers (ex : ses serpents sifflent…).

Donnez quelques exemples d'allitérations en [K]. Mettez-les en rapport avec le lexique de la violence. Quel est l'effet produit ?

6 **a.** Comment s'appelle le son de cloche qui avertit les populations d'un danger ? En quoi le battement du cœur du poète est-il comparable à ce son ?
b. Relevez le champ lexical du bruit.
c. Quel effet produisent les anaphores « voilà que » et « et que » (v. 3, 4, 5) ?
d. Comment Desnos justifie-t-il son entrée dans l'action ? Quelles valeurs et quels mots d'ordre le déterminent à pousser à engager le combat ?

7 **a.** Quelles sont les étapes qui marquent le passage de l'engagement personnel à l'engagement collectif ?

b. Analysez les procédés par lesquels le poète appelle au combat. Pour répondre, analysez les temps des verbes, le champ lexical, les structures grammaticales.
c. En quoi le poète joue-t-il sur le sens du verbe « battre » ?

La visée

8 Comment les deux thèmes de la guerre et de la paix sont-ils réunis à la fin du poème ? Quelle est la visée du poème ?

Lire et comparer

« Gabriel Péri », Paul Éluard

Paul Éluard (1895-1952) est un poète français qui, pendant la guerre, s'engagea dans la Résistance. Il publia plusieurs ouvrages dans la clandestinité, parmi lesquels *Poésie et Vérité* qui inclut le poème *Liberté*. Le recueil *Au rendez-vous allemand* paraît en 1944. Ce poème est dédié à la mémoire de Gabriel Péri, journaliste communiste qui s'engagea dans les réseaux communistes de la Résistance. Arrêté par la Gestapo en 1941, il fut fusillé le 15 décembre 1941.

Un homme est mort qui n'avait pour défense
Que ses bras ouverts à la vie
Un homme est mort qui n'avait d'autre route
Que celle où l'on hait les fusils
Un homme est mort qui continue la lutte
Contre la mort contre l'oubli

Car tout ce qu'il voulait
Nous le voulions aussi
Nous le voulons aujourd'hui
Que le bonheur soit la lumière
Au fond des yeux au fond du cœur
Et la justice sur la terre

Il y a des mots qui font vivre
Et ce sont des mots innocents
Le mot chaleur le mot confiance

Amour justice et le mot liberté
Le mot enfant et le mot gentillesse
Et certains noms de fleurs et certains noms de fruits
Le mot courage et le mot découvrir
Et le mot frère et le mot camarade
Et certains noms de pays de villages
Et certains noms de femmes et d'amis
Ajoutons-y Péri
Péri est mort pour ce qui nous fait vivre
Tutoyons-le sa poitrine est trouée
Mais grâce à lui nous nous connaissons mieux
Tutoyons-nous son espoir est vivant

Paul Éluard, « Gabriel Péri », extrait de
Au rendez-vous allemand, © Éditions de Minuit, 1945.

9 Quel effet produit l'anaphore des vers 1, 3 et 5 ? Qui est désigné par l'expression « un homme » ? À quel moment son nom est-il prononcé ? Quel effet produit la révélation de l'identité du personnage ?

10 **a.** « Il le voulait », « nous le voulions » : à qui renvoie le pronom personnel « nous » ? Comment se fait le passage du « il » à « nous » ? Qu'exprime cet élargissement ?
b. Justifiez les trois répétitions du verbe « vouloir » (v. 7-8-9). Comment expliquez-vous le passage de l'imparfait au présent ?
c. Quelle est la valeur du présent dans « continue » (v. 5), et « l'espoir est vivant » (v. 27) ? Est-ce la même valeur que dans le vers 13 : « Il y a des mots qui font vivre » ? Justifiez votre réponse.

11 Relevez les termes qui caractérisent Gabriel Péri. Relevez le champ lexical des valeurs de la Résistance. En quoi Gabriel Péri incarne-t-il ces valeurs ?

12 Pourquoi des hommes comme Desnos, Péri et Éluard se battent-ils ? Quels éléments permettent de rapprocher les deux poèmes ?

13 Quel rôle joue le poète dans le texte dédié à Gabriel Péri ? En quoi la parole du poète manifeste-t-elle la vie ?

14 Cherchez les mots qui vous font vivre, vous, et intégrez-les dans une strophe en imitant la structure du poème de Paul Éluard.

Extrait 16

L'Armée des ombres

J. Kessel

Dans cet extrait, Gerbier, arrêté et interné dans un camp en France, évoque le rôle du maréchal Pétain à la tête du gouvernement.

Gerbier accompagnait Legrain[1] à son travail. Ils allaient lentement et Gerbier disait :

– Tu comprends, ils sont venus dans leurs chars, avec leurs yeux vides. Ils pensaient que les chenilles des chars sont faites pour tracer la nouvelle loi des peuples. Comme ils avaient fabriqué beaucoup de chars, ils avaient l'assurance d'être nés pour écrire cette loi. Ils ont en horreur la liberté, la pensée. Leur vrai but de guerre c'est la mort de l'homme pensant, de l'homme libre. Ils veulent exterminer tout ce qui n'a pas les yeux vides. Ils ont trouvé en France des gens qui avaient les mêmes goûts et ceux-là sont entrés à leur service. Et ceux-là t'ont mis à pourrir ici, toi qui n'avais pas commencé à vivre. Ils ont fait mourir le petit Armel[2]. Tu les as vus livrer le malheureux qui croyait au droit d'asile. En même temps ils publiaient que le conquérant était magnanime[3]. Un immonde vieillard essayait de suborner[4] le pays. « Soyez sages, soyez lâches », enseignait-il. « Oubliez que vous avez été fiers, joyeux et libres. Obéissez et souriez au vainqueur. Il vous laissera vivoter[5] tranquilles. » Les gens qui entouraient le vieillard calculaient que la France était crédule et qu'elle était douce. Qu'elle est le pays de la mesure et du juste milieu. « La France est tellement civi-

1. Un des premiers internés au camp de concentration.
2. Lui aussi, un des premiers internés.
3. Clément, généreux.
4. Convaincre le pays par des mensonges.
5. Vivre difficilement.

lisée, tellement amollie, pensaient-ils, qu'elle a perdu le sens du combat souterrain et de la mort secrète. Elle acceptera, elle s'endormira. Et dans son sommeil nous lui ferons des yeux vides ». Et ils pensaient encore : « Nous ne craignons pas les enragés. Ils n'ont pas de liaisons. Ils n'ont pas d'armes. Et nous avons toutes les divisions allemandes pour nous défendre. » Tandis qu'ils se réjouissaient ainsi, naissait la résistance.

Roger Legrain marchait sans oser tourner la tête vers Gerbier. Il avait comme peur d'intervenir dans l'accomplissement d'un miracle. Cet homme si distant, si avare de propos, et qui soudain éclatait en paroles de feu… Et l'univers qui devenait soudain un tout autre univers… Legrain voyait l'herbe et les baraques du camp et les bourgerons rouges et les silhouettes faméliques[6] des Kabyles[7] se traînant aux corvées. Mais tout cela changeait de forme et de fonction. La vie du camp ne s'arrêtait plus aux barbelés. Elle s'étendait au pays tout entier. Elle s'éclairait, elle prenait un sens. Les Kabyles et Armel et lui-même, entraient dans un grand ordre humain. Legrain se sentait délivré peu à peu de cette révolte aveugle, acharnée, enchaînée, confuse, obtuse, sans issue et qui se débattait en lui en déchirant et ravageant toute sa substance. Il se sentait approcher d'un grand mystère. Et il était trop ignorant et trop chétif pour contempler le compagnon qui soulevait pour lui les voiles de ce mystère.

– Comment cela s'est fait, je n'en sais rien, disait Gerbier. Je pense que personne ne le saura jamais. Mais un paysan a coupé un fil téléphonique de campagne. Une vieille femme a mis sa canne dans les jambes d'un soldat allemand. Des tracts ont circulé. Un abatteur de La Villette[8] a jeté dans la chambre

6. Qui souffrent de la faim.
7. Venus d'Afrique du Nord pour travailler, des Kabyles ont été internés pour avoir protesté pour une question de salaire.
8. Quartier de Paris où se trouvent les abattoirs.

froide un capitaine qui réquisitionnait la viande avec trop d'arrogance. Un bourgeois donne une fausse adresse aux vainqueurs qui demandent leur chemin. Des cheminots, des curés, des braconniers, des banquiers, aident les prisonniers évadés à passer par centaines. Des fermiers abritent des soldats anglais. Une prostituée refuse de coucher avec les conquérants. Des officiers, des soldats français, des maçons, des peintres, cachent des armes. Tu ne connais rien de tout cela. Tu étais ici. Mais pour celui qui a senti cet éveil, ce premier frémissement, c'était la chose la plus émouvante du monde. C'était la sève de la liberté, qui commençait à sourdre[9] à travers la terre française. Alors les Allemands et leurs serviteurs et le vieillard, ont voulu extirper[10] la plante sauvage. Mais plus ils en arrachaient, et mieux elle poussait. Ils ont empli les prisons. Ils ont multiplié les camps. Ils se sont affolés. Ils ont enfermé le colonel, le voyageur de commerce, le pharmacien. Et ils ont eu encore plus d'ennemis. Ils ont fusillé. Or, c'était de sang que la plante avait surtout besoin pour croître et se répandre. Le sang a coulé. Le sang coule. Il va couler à flots. Et la plante deviendra forêt.

Gerbier et Legrain firent le tour de la station d'électricité. Gerbier dit encore :

– Celui qui entre en résistance vise l'Allemand. Mais en même temps il frappe Vichy[11] et son vieillard, et les séides[12] du vieillard et le directeur de notre camp, et les gardiens que tu vois chaque jour à l'ouvrage. La résistance, elle est tous les hommes français qui ne veulent pas qu'on fasse à la France des yeux morts, des yeux vides.

Joseph Kessel, *L'Armée des ombres*,

9. Sortir de terre, jaillir.
10. Arracher.
11. Le gouvernement installé dans la ville de Vichy.
12. Hommes dévoués et fanatiques.

Repérer et analyser

La situation d'énonciation

1 **a.** Qui Gerbier désigne-t-il par le pronom personnel « ils » (l. 3) ?
b. À quels personnages le groupe nominal « des gens » (l. 10) se réfère-t-il ? Gerbier nomme-t-il précisément ces différents personnages au cours du texte ?

Le personnage de Gerbier : l'engagement

La collaboration

2 « Les yeux vides » (l. 10) : qui Gerbier désigne-t-il par cette expression ? En quoi est-elle péjorative ?

3 **a.** Quelle est l'opinion de Gerbier sur le gouvernement de Vichy ? Appuyez-vous sur l'expression « Un immonde vieillard essayait de suborner le pays ». Quels sont, dans la phrase, les termes dévalorisants que Gerbier utilise à l'égard de ce personnage ?
b. En quoi les propos de ce personnage contribuent-ils à le discréditer ?
c. Qui est Legrain ? Quel effet Gerbier veut-il produire sur lui ?

La Résistance

4 **a.** Comment la Résistance est-elle née ? Qui sont les résistants ?
b. Énumérez les différentes manières de résister aux Allemands et à Vichy.

5 **a.** Quelle définition Gerbier donne-t-il de la Résistance ?
b. La métaphore

La métaphore est dite filée lorsqu'elle se prolonge sur plusieurs lignes.

Quelle métaphore Gerbier emploie-t-il pour décrire l'émergence de la Résistance ? Relevez les termes qui permettent de la prolonger sur plusieurs lignes. Quel est l'effet produit ?

La visée

6 Quelle image ce texte donne-t-il de la Résistance ? En quoi complète-t-il et résume-t-il l'image qui était donnée des résistants dans les textes précédents ?

Extrait 17

Quoi de neuf sur la guerre ?

R. Bober

La scène se situe en 1946. Léon, le patron de l'atelier de confection discute avec un des employés Charles, dont toute la famille est morte en déportation, d'un procès qui vient de se terminer.

Trois collaborateurs[1], journalistes à *Je suis partout*[2] venaient d'être condamnés. Leur procès avait duré une semaine et un journaliste de *Franc-tireur*[3] trouvait injuste que deux d'entre eux, à cause de ce qu'ils avaient écrit, aient été condamnés à mort, alors que certains officiers supérieurs n'étaient condamnés qu'à des peines légères. Léon avait l'air d'accord avec l'article, mais pas avec Charles.

« Il y a des porte-plume, disait Charles, qui sont plus coupables que des fusils. Si un militaire ou un milicien a arrêté et tué des Juifs et des Résistants, c'est vrai qu'il est coupable et il faut le condamner parce qu'une fois en prison il n'est plus dangereux. Mais les journalistes de *Je suis partout* sont plus coupables parce qu'ils sont plus dangereux. C'est à cause de leurs articles que des miliciens se sont engagés. C'est parce qu'ils ont écrit : « Mort aux Juifs », que la police en a arrêté des milliers. Tu en connais beaucoup qui ont protesté ? Tu crois qu'il y aurait eu autant de Juifs dénoncés si les Français n'avaient pas lu ce qu'ils ont lu dans leurs journaux ? Moi je

1. Il s'agit de Lucien Rebatet, Pierre-Antoine Cousteau et Claude Jeantet. Jeantet fut condamné aux travaux forcés à perpétuité, Rebatet condamné à mort fut gracié et emprisonné, Cousteau fut exécuté.

2. Journal d'extrême-droite dans les années 1930, qui collabora sous l'Occupation. Son directeur, Robert Brasillach, fut fusillé à la Libération.

3. Journal clandestin de la Résistance, sorti de l'ombre à la Libération.

n'ai eu aucune pitié quand Brasillach a été fusillé. Et j'en aurai pas non plus quand Rebatet sera fusillé à son tour au fort de Montrouge. J'en aurai pas parce que leurs idées c'est comme le venin. Elles continueront malheureusement à circuler. Même après leur mort.

– J'ai jamais dit que j'avais pitié, a répondu Léon en vérifiant la chaleur de son fer, j'ai seulement dit qu'ils n'avaient pas de sang sur les mains.

– Justement, ils ont du sang sur les mains. Ils en ont parce qu'ils sont responsables. Un intellectuel c'est quelqu'un de responsable. C'est le premier responsable... »

Robert Bober, *Quoi de neuf sur la guerre ?*,

Procès de la rédaction du journal, *Je suis partout*, devant la cour de justice à Paris. De droite à gauche, Lucien Rebatet, Claude Jeantet et P.-A. Cousteau, novembre 1946.

Questions

Repérer et analyser

Le dialogue argumentatif

1 Qui sont les deux interlocuteurs dans l'extrait de Robert Bober ? Qui mène le dialogue ?

2 **a.** Quel type de journalistes Charles dénonce-t-il ? Quels arguments développe-t-il ? Pour répondre, dites quel rôle ces journalistes ont joué pendant la guerre et quelles ont été les conséquences de leurs articles.
b. En quoi ces journalistes sont-ils aussi coupables que tout autre collaborateur ? Pourquoi Charles affirme-t-il qu'ils ont du sang sur les mains ? Quel est l'effet produit par cette métaphore ?

La visée

3 Pour quelle raison un intellectuel ou un journaliste peut-il être plus dangereux qu'un soldat ou un milicien ? Quelle est sa responsabilité dans la diffusion de ses opinions ?

Lire et comparer

Paul Éluard

« Un petit nombre d'intellectuels français
s'est mis au service de l'ennemi »

Épouvantés épouvantables
L'heure est venue de les compter
Car la fin de leur règne arrive

Ils nous ont vanté nos bourreaux
Ils nous ont détaillé le mal
Ils n'ont rien dit innocemment

Belles paroles d'alliance
Ils vous ont voilées de vermine
Leur bouche donne sur la mort

Mais voici que l'heure est venue
De s'aimer et de s'unir
Pour les vaincre et les punir.

Paul Éluard, extrait de *Au rendez-vous allemand*,

4 **a.** Que dénonce le poète ?
b. Comparez le poème d'Éluard au texte de Roger Bober.

Extrait 18

Si c'est un homme

P. Levi

Primo Levi (1919-1987) est arrêté le 13 décembre 1943 par la milice fasciste puis déporté à Auschwitz en tant que juif italien. Ayant survécu à l'horreur, il revient à Turin et raconte son expérience dans Si c'est un homme, *publié une première fois en 1947. Dans le premier chapitre, Primo Levi raconte le voyage jusqu'à Auschwitz.*

Le train roulait lentement, faisant de longues haltes énervantes. À travers la lucarne nous vîmes défiler les hauts rochers dépouillés de la vallée de l'Adige[1], les noms des dernières villes italiennes. Quand nous franchîmes le Brenner[2], le deuxième jour à midi, tout le monde se mit debout mais personne ne souffla mot. La pensée du retour ne me quittait pas, je me torturais à imaginer ce que pourrait être la joie surhumaine de cet autre voyage : les portes grandes ouvertes car personne ne penserait plus à fuir, et les premiers noms italiens… et je regardai autour de moi et me demandai combien, parmi cette misérable poussière humaine, seraient frappés par le destin.

Des quarante-cinq occupants de mon wagon, quatre seulement ont revu leur foyer, et ce fut de beaucoup le wagon le mieux loti.

La soif et le froid nous faisaient souffrir : à chaque arrêt, nous demandions de l'eau à grands cris, ou au moins une poignée de neige, mais notre appel fut rarement entendu ; les soldats de l'escorte éloignaient quiconque tentait de s'approcher du convoi. Deux jeunes mères qui avaient un enfant au

1. Fleuve né dans les Alpes, qui traverse le Trentin et la Vénétie et se jette dans l'Adriatique.
2. Col des Alpes, à la frontière italo-autrichienne.

sein gémissaient jour et nuit, implorant de l'eau. Nous supportions un peu mieux la faim, la fatigue et l'insomnie, rendues moins pénibles par la tension nerveuse ; mais les nuits étaient d'interminables cauchemars.

Rares sont les hommes capables d'aller dignement à la mort, et ce ne sont pas toujours ceux auxquels on s'attendrait. Bien peu savent se taire et respecter le silence d'autrui. Notre sommeil agité était souvent interrompu par des querelles futiles et bruyantes, des imprécations, des coups de pied et de poing décochés à l'aveuglette pour protester contre un contact fastidieux et inévitable. Alors quelqu'un allumait une bougie, et la lugubre clarté de la flamme laissait apparaître, sur le plancher du wagon, un enchevêtrement uniforme et continu de corps étendus, engourdis et souffrants, que soulevaient çà et là de brusques convulsions aussitôt interrompues par la fatigue.

De la lucarne, on voyait défiler des noms connus et inconnus de villes autrichiennes – Salzbourg, Vienne – puis tchèques, et enfin polonaises. Au soir du quatrième jour, le froid se fit intense : le train, qui traversait d'interminables sapinières noires, prenait visiblement de l'altitude. Partout, une épaisse couche de neige. Nous devions être sur une ligne secondaire, car les gares étaient petites et quasiment désertes. Durant les arrêts, personne ne tentait plus de communiquer avec le monde extérieur : désormais, nous nous sentions « de l'autre côté ». Il y eut une longue halte en rase campagne, puis un nouveau départ extrêmement lent, et enfin le convoi s'arrêta définitivement, en pleine nuit, au milieu d'une plaine silencieuse et sombre.

On voyait seulement, de part et d'autre de la voie, des files de point lumineux blancs et rouges, à perte de vue ; mais pas le moindre signe de cette rumeur confuse qui annonce de loin les lieux habités. À la faible lueur de la dernière bougie, dans le silence qui avait succédé au bruit rythmé des rails, en l'absence de tout son humain, nous attendîmes qu'il se produisît quelque chose.

Une femme avait passé tout le voyage à mes côtés, pressée comme moi entre un corps et un autre corps. Nous nous connaissions de longue date, et le malheur nous avait frappés ensemble, mais nous ne savions pas grand-chose l'un de l'autre. Nous nous dîmes alors, en cette heure décisive, des choses qui ne se disent pas entre vivants. Nous nous dîmes adieu, et ce fut bref : chacun prit congé de la vie en prenant congé de l'autre. Nous n'avions plus peur.

Et brusquement ce fut le dénouement. La portière s'ouvrit avec fracas ; l'obscurité retentit d'ordres hurlés dans une langue étrangère, et de ces aboiements barbares naturels aux Allemands quand ils commandent, et qui semblent libérer une hargne séculaire[3]. Nous découvrîmes un large quai, éclairé par des projecteurs. Un peu plus loin, une file de camions. Puis tout se tut à nouveau. Quelqu'un traduisit les ordres : il fallait descendre avec les bagages et les déposer le long du train. En un instant, le quai fourmillait d'ombres ; mais nous avions peur de rompre le silence, et tous s'affairaient autour des bagages, se cherchaient, s'interpellaient, mais timidement, à mi-voix.

Une dizaine de SS, plantés sur leurs jambes écartées, se tenaient à distance, l'air indifférent. À un moment donné ils s'approchèrent, et sans élever la voix, le visage impassible, ils se mirent à interroger certains d'entre nous en les prenant à part, rapidement : « Quel âge ? En bonne santé ou malade ? » et selon la réponse, ils nous indiquaient deux directions différentes.

Tout baignait dans un silence d'aquarium, de scène vue en rêve. Là où nous nous attendions à quelque chose de terrible, d'apocalyptique, nous trouvions, apparemment, de simples

3. Qui dure depuis des siècles.

Arrivée de déportés au camp de concentration d'Auschwitz, 1939.

agents de police. C'était à la fois déconcertant et désarmant. Quelqu'un osa s'inquiéter des bagages : ils lui dirent « bagages après » ; un autre ne voulait pas quitter sa femme : ils lui dirent « après, de nouveau ensemble » ; beaucoup de mères refusaient de se séparer de leurs enfants : ils leur dirent « bon, bon, rester avec enfants ». Sans jamais se départir de la tranquille assurance de qui ne fait qu'accomplir son travail de tous les jours ; mais comme Renzo s'attardait un peu trop à dire adieu à Francesca[4], sa fiancée, d'un seul coup en pleine figure ils l'envoyèrent rouler à terre : c'était leur travail de tous les jours.

En moins de dix minutes, je me trouvai faire partie du groupe des hommes valides. Ce qu'il advint des autres, femmes, enfants, vieillards, il nous fut impossible alors de le savoir : la nuit les engloutit, purement et simplement. Aujourd'hui pourtant, nous savons que ce tri rapide et sommaire avait servi à juger si nous

4. Deux des passagers.

étions capables ou non de travailler utilement pour le Reich; nous savons que les camps de Buna-Monowitz et de Brikenau n'accueillirent respectivement que quatre-vingt-seize hommes et vingt-neuf femmes de notre convoi et que deux jours plus tard il ne restait de tous les autres – plus de cinq cents – aucun survivant. Nous savons aussi que même ce semblant de critère dans la discrimination entre ceux qui étaient reconnus aptes et ceux qui ne l'étaient pas ne fut pas toujours appliqué, et qu'un système plus expéditif fut adopté par la suite : on ouvrait les portières des wagons des deux côtés en même temps, sans avertir les nouveaux venus ni leur dire ce qu'il fallait faire. Ceux que le hasard faisait descendre du bon côté entraient dans le camp; les autres finissaient à la chambre à gaz.

Ainsi mourut la petite Émilia, âgée de trois ans, tant était évidente aux yeux des Allemands la nécessité historique de mettre à mort les enfants des juifs. Émilia, fille de l'ingénieur Aldo Levi de Milan, une enfant curieuse, ambitieuse, gaie, intelligente, à laquelle ses parents, au cours du voyage dans le wagon bondé, avaient réussi à faire prendre un bain dans une bassine de zinc, avec de l'eau tiède qu'un mécanicien allemand « dégénéré » avait consenti à prélever sur la réserve de la locomotive qui nous entraînait tous vers la mort.

Ainsi disparurent en un instant, par traîtrise, nos femmes, nos parents, nos enfants. Presque personne n'eut le temps de leur dire adieu. Nous les aperçûmes un moment encore, telle une masse sombre à l'autre bout du quai, puis nous ne vîmes plus rien.

À leur place surgirent alors, dans la lumière des lanternes, deux groupes d'étranges individus. Ils avançaient en rang par trois, d'un pas curieusement empêtré[5], la tête basse et les bras raides. Ils étaient coiffés d'un drôle de calot et vêtus d'une

5. Gauche, mal à l'aise.

espèce de chemise rayée qu'on devinait crasseuse et déchirée en dépit de l'obscurité et de la distance. Ils décrivirent un large cercle de manière à ne pas trop s'approcher, et se mirent en silence à s'activer autour de nos bagages, faisant le va-et-vient entre le quai et les wagons vides.

Nous nous regardions sans souffler mot. Tout nous semblait incompréhensible et fou, mais une chose était claire : c'était là la métamorphose qui nous attendait. Demain, nous aussi nous serions comme eux.

Sans savoir comment, je me retrouvai dans un camion avec une trentaine d'autres. Le véhicule fila rapidement dans la nuit ; à cause de la bâche, on ne pouvait voir à l'extérieur, mais aux secousses on devinait que la route était sinueuse et accidentée. Et s'il n'y avait pas d'escorte ? Pourquoi ne pas sauter ?... Trop tard, trop tard, nous sommes entraînés vers le fond, vers notre fin à tous. D'ailleurs nous avons tôt fait de nous apercevoir que nous n'étions pas sans escorte ; étrange escorte : c'est un soldat allemand tout bardé d'armes ; il fait trop sombre pour que nous puissions le voir, mais nous sentons son rude contact à chaque fois qu'un cahot nous jette tous en tas, à droite ou à gauche. Le voilà qui allume une lampe électrique, et au lieu de crier « gare à vous, âmes noires[6] » il nous demande poliment si nous n'avons pas de l'argent ou des montres à lui donner, puisque de toute façon nous n'en aurons plus besoin après. Ce n'est ni un ordre ni une consigne réglementaire ; on voit bien que c'est une petite initiative personnelle de notre Charon[7]. Le procédé éveille en nous la colère et le rire, et un étrange soulagement.

Primo Levi, *Si c'est un homme*,

6. Citation empruntée de l'écrivain italien Dante, auteur de *La Divine Comédie*.
7. Personnage mythologique qui faisait passer aux morts le Styx, en échange d'une obole.

Repérer et analyser

La situation d'énonciation

1 **a.** En quoi ce texte appartient-il au genre autobiographique ? Appuyez-vous pour répondre sur des indices relevés dans le texte et le hors-texte.

b. À qui le pronom personnel « nous » (l. 2) renvoie-t-il ?

2 **a.** Quels sont les temps employés dans le premier paragraphe ? Se réfèrent-ils tous à la même époque ? Justifiez votre réponse.

b. Relevez une anticipation dans le deuxième paragraphe. Quelle information Primo Levi donne-t-il dans cette anticipation ? Quel est l'effet produit ?

3 Relevez les passages qui renvoient au moment de l'énonciation. À quel temps sont les verbes ? Quels autres indices temporels permettent de repérer ces passages ?

4 Quelle est la valeur du présent de l'indicatif dans la phrase suivante : « Rares sont les hommes capables d'aller dignement à la mort » (l. 24) ?

Le récit des événements

5 **a.** Quel souvenir Primo Levi évoque-t-il ? Relevez les différentes étapes du trajet en train au trajet en camion.

b. Quels sont les différents personnages rencontrés ?

6 **a.** À quoi correspondent les deux directions indiquées par les soldats aux passagers du train ?

b. Le narrateur le sait-il au moment où il vit cette situation ? Appuyez-vous sur le texte.

c. Quel moyen de transport le narrateur prend-il ensuite ? Quel est le moment de la journée ? Quel personnage escorte les passagers ?

7 **a.** Quelle description le narrateur fait-il des soldats allemands ? Sur quel ton ces soldats s'adressent-ils aux déportés (l. 64 à 67 et 76 à 80) ?

b. Reportez-vous aux différents extraits qui décrivent les soldats allemands (p. 34, 39, 68). Quel élément commun retrouve-t-on dans tous les extraits ?

Le témoignage

Ce récit se veut un témoignage et Primo Levi écrit : « J'ai délibérément recouru au langage sobre et posé du témoin plutôt qu'au pathétique de la victime ou à la véhémence du vengeur ». L'émotion n'est cependant pas absente du récit mais elle s'exprime avec retenue.

8 **a.** Relevez les mots qui appartiennent au champ lexical de la souffrance. Quelles souffrances les passagers du train endurent-ils ?
b. Comment la transformation du paysage traversé participe-t-elle à cette souffrance (l. 35 à 43) ?

9 **a.** Relevez le champ lexical du bruit. À quel moment apparaît-il ?
b. Quels sentiments éprouvent les passagers à leur descente du train ?
c. Relevez le champ lexical de l'incompréhension dans l'ensemble de l'extrait. En quoi cette incompréhension générale rend-elle la situation encore plus dramatique ?

10 **a.** Par quels détails Primo Levi souligne-t-il l'horreur vécue la nuit de l'arrivée ? Quel exemple choisit-il de donner pour illustrer ce qu'il raconte ? Quelle réaction suscite-t-il ?
b. Quel effet produit la reprise en tête de paragraphe de « Ainsi » ?

La visée

11 Quelle est l'importance d'un tel témoignage aujourd'hui ?

Enquêter

Auschwitz

12 Faites des recherches sur le camp d'Auschwitz.

Lire

Jorge Semprun et Robert Merle

13 Jorge Semprun raconte une expérience analogue dans *L'Écriture ou la vie*. Robert Merle traite des camps de concentration et de leur fonctionnement vus du côté allemand dans *La Mort est mon métier*. Lisez ces deux romans.

Extrait 19

Le Journal d'Anne Frank

A. Frank

Anne Frank (1929-1945) est une jeune juive allemande. En 1933, face à la montée du nazisme, la famille Frank quitte l'Allemagne et se réfugie aux Pays-Bas. Mais en 1942, ils décident de se cacher avec des amis dans « l'annexe », un appartement situé derrière les anciens bureaux de Monsieur Frank pour échapper aux persécutions allemandes.

Anne vit dans cet endroit pendant deux ans mais le 4 août 1944, tous les occupants de l'annexe sont arrêtés par la police allemande et déportés. Tous meurent en déportation, à l'exception de Monsieur Frank qui, ayant retrouvé le journal de sa fille, décide de le publier.

Le 12 juin 1942, jour de ses treize ans, Anne commence un journal sous forme de lettres adressées à une amie fictive Kitty.

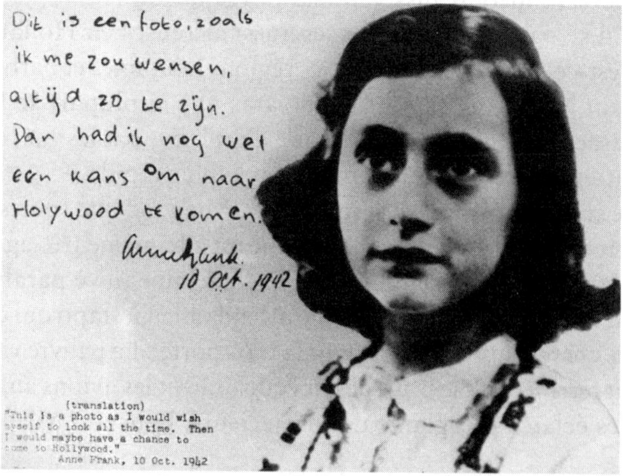

Anne Franck, photo du journal, annotée (1942) : « C'est une photo que j'aimerais regarder tout le temps. Quand j'aurais la chance d'aller à Hollywood. »

VENDREDI 9 OCTOBRE 1942

Chère Kitty,

Aujourd'hui, je n'ai que des nouvelles sinistres et déprimantes à te donner. Nos nombreux amis juifs sont emmenés par groupes entiers. La Gestapo[1] ne prend vraiment pas de gants avec ces gens, on les transporte à Westerbork, le grand camp pour juifs en Drenthe[2], dans des wagons à bestiaux.

Miep[3] nous a parlé de quelqu'un qui s'est échappé de Westerbork. Westerbork doit être épouvantable. On ne donne presque rien à manger aux gens, et encore moins à boire, car ils n'ont de l'eau qu'une heure par jour et un W.C. et un lavabo pour plusieurs milliers de personnes. Ils dorment tous ensemble, hommes, femmes et enfants ; les femmes et les enfants ont souvent la tête rasée. Il est presque impossible de fuir, les gens du camp sont tous marqués par leurs têtes rasées et pour beaucoup aussi par leur physique juif.

S'il se passe déjà des choses aussi affreuses en Hollande, qu'est-ce qui les attend dans les régions lointaines et barbares où on les envoie ? Nous supposons que la plupart se font massacrer. La radio anglaise parle d'asphyxie par les gaz ; c'est peut-être la méthode d'élimination la plus rapide.

Je suis complètement bouleversée. Miep raconte toutes ces horreurs de façon si poignante, elle est elle-même très agitée. L'autre jour, par exemple, une vieille femme juive paralysée était assise devant sa porte, elle attendait la Gestapo qui était allée chercher une voiture pour la transporter. La pauvre vieille était terrifiée par le bruit des tirs qui visaient les avions anglais et les éclairs aveuglants des projecteurs. Pourtant Miep n'a

1. Police politique de l'Allemagne nazie.

2. Province du nord-est des Pays-Bas.

3. Ancienne secrétaire du père d'Anne.

pas osé la faire entrer, personne ne l'aurait fait. Ces messieurs les Allemands ne sont pas avares de punitions.

Bep[4] n'est pas très gaie non plus, son fiancé doit partir en Allemagne. Chaque fois que des avions survolent nos maisons, elle tremble que leur cargaison de bombes, qui va souvent jusqu'à un million de kilos, ne tombe sur la tête de Bertus. Des plaisanteries du genre : il n'en recevra sans doute pas un million et une bombe suffit, me paraissent un peu déplacées. Bertus est loin d'être le seul à partir, tous les jours des trains s'en vont, bondés de jeunes gens. Lorsqu'ils s'arrêtent à une gare sur le trajet, ils essaient parfois de se glisser hors du train et de se cacher ; un petit nombre d'entre eux y réussit peut-être. Je n'ai pas fini ma complainte. As-tu déjà entendu parler d'otages ? C'est leur dernière trouvaille en fait de punition pour les saboteurs. C'est la chose la plus atroce qu'on puisse imaginer. Des citoyens innocents et haut placés sont emprisonnés en attendant leur exécution. Si quelqu'un commet un acte de sabotage et que le coupable n'est pas retrouvé, la Gestapo aligne tout bonnement quatre ou cinq de ces otages contre un mur. Souvent, on annonce la mort de ces gens dans le journal. À la suite d'un « accident fatal », c'est ainsi qu'ils qualifient ce crime. Un peuple reluisant, ces Allemands, et dire que j'en fais partie ! Et puis non, il y a longtemps que Hitler a fait de nous des apatrides[5], et d'ailleurs il n'y a pas de plus grande hostilité au monde qu'entre Allemands et juifs.

Bien à toi.
Anne

Anne Frank, *Journal*, traduction française
par Philippe Noble et Isabelle Rosselin-Bobulesco.

4. Elle aussi ancienne secrétaire.

5. Qui n'a plus de nationalité.

Questions

Repérer et analyser

La situation d'énonciation

1 À quel genre ce texte appartient-il ?

2 **a.** Qui est l'énonciateur du message ? Qui en est le destinataire ? Qu'a-t-il de particulier ?
b. À quelle date cette page est-elle écrite ? Dans quelles circonstances ?
c. Qui le pronom personnel « nous » (l. 6) désigne-t-il ?

Les événements notés

3 **a.** Quels différents sujets Anne aborde-t-elle ?
b. Est-elle le témoin direct de ce qu'elle raconte ? Pour quelle raison ? De quelle façon apprend-elle ce qui se passe à l'extérieur ?

4 **a.** Que sait-elle notamment sur les conditions dans lesquelles vivent les juifs dans le camp de Westerbork ? Comment qualifie-t-elle la vie dans ce camp ?
b. Relevez le verbe qui marque son incertitude quant au sort final des déportés. De quelle façon en a-t-elle entendu parler ?

5 **a.** Quelle anecdote précise rapporte-t-elle l. 22 à 28 ? Pour quelle raison l'a-t-elle retenue ?
b. Montrez que tout le peuple hollandais, et pas seulement les juifs, souffre de l'Occupation allemande. Quels exemples Anne choisit-elle pour évoquer le sort des Hollandais ?

Le regard de la narratrice et la visée

6 **a.** En quoi la première phrase donne-t-elle le ton de la lettre ? Relevez les champs lexicaux de l'émotion et de l'horreur. Quels sentiments Anne éprouve-t-elle face aux événements qu'elle rapporte ?
b. Quelle image donne-t-elle des Allemands ? Se sent-elle encore allemande ? Pourquoi ? Quelles expressions emploie-t-elle pour manifester son mépris envers les Allemands ?

Extrait 20

Le Joueur d'échecs

S. Zweig

Stefan Zweig (1881-1942) est un écrivain autrichien. Dès 1933, ses livres sont brûlés en Allemagne car il est juif. En 1934, il part s'installer en Angleterre où il obtient la nationalité anglaise. Après avoir voulu s'installer aux États-Unis, il gagne le Brésil en août 1941. Mais désespéré par l'échec de ses idéaux, il se suicide avec sa femme le 22 février 1942. Le Joueur d'échecs, *son dernier récit, est publié en 1946, après sa mort.*

Sur un paquebot à destination de Buenos Aires, le narrateur fait la connaissance d'un homme étrange qui lui raconte ce qui lui est arrivé en Autriche.

Lorsqu'ensuite Hitler arriva au pouvoir en Allemagne, et qu'il se mit à dépouiller l'Église et les couvents, diverses transactions[1] et négociations se firent par notre moyen, de l'autre côté de la frontière, pour éviter au moins la saisie des biens mobiliers[2] de nos clients ; et à ce moment-là nous en savions plus, mon père et moi, sur certaines négociations politiques secrètes de Rome et de la maison impériale, que le public n'en apprendra jamais. Mais précisément le caractère discret de notre bureau – il n'y avait même pas de plaque à notre porte – et la prudence avec laquelle nous évitions ostensiblement[3] tous deux les milieux monarchistes, paraissaient nous mettre le plus à l'abri possible des enquêtes importunes. Le fait est qu'aucune autorité, en Autriche, ne se douta jamais que, durant

1. Opérations commerciales ou boursières.
2. Biens susceptibles d'être déplacés ou rentes, actions, obligations.
3. Ouvertement.

toutes ces années, de très importants documents et le courrier secret de la maison impériale passaient presque sans exception par l'insignifiante étude[4] que nous avions, au quatrième étage d'une maison.

« Or les national-socialistes, bien avant de mettre sur pied leurs armées et de les lancer contre le monde, avaient organisé dans tous les pays voisins une autre légion, aussi dangereuse et bien entraînée, celle des laissés-pour-compte, des aigris et des mécontents. Ils s'étaient insinués en installant leurs « cellules », comme ils disaient, dans chaque bureau, dans chaque entreprise, et avaient leurs postes d'espionnage et leurs mouchards jusque dans le cabinet particulier de Dolfusset[5] de Schuschnigg[6]. J'appris, hélas ! trop tard, qu'elles avaient leur homme aussi dans notre petite étude. Ce n'était, à vrai dire qu'un pitoyable commis[7], très peu capable, que nous avions engagé sur la recommandation d'un curé, et simplement pour donner à notre bureau l'aspect d'une affaire ordinaire. Nous ne lui confiions rien d'autre que des courses inoffensives, le soin de répondre au téléphone et de ranger des documents, mais seulement ceux qui étaient insignifiants et sans aucune importance. Il n'était jamais autorisé à ouvrir le courrier, j'écrivais moi-même à la machine toutes les lettres importantes, sans en laisser de copie au bureau, j'emportais chez moi les documents de valeur, et donnais mes consultations secrètes exclusivement au prieuré du couvent ou dans le cabinet de mon oncle. Grâce à ces précautions, ce mouchard n'avait rien d'intéressant à épier au bureau. Il fallut un hasard malheureux pour que l'ambitieux individu s'aperçût qu'on se méfiait de lui et que toutes sortes d'affaires sérieuses se passaient

4. Local où travaillent les notaires et autres professions juridiques.
5. Homme politique autrichien qui, hostile à l'Anschluss, fut assassiné par les nazis.
6. Chancelier d'Autriche en 1934, il lutta contre l'Anschluss et fut emprisonné par les nazis.
7. Employé.

derrière son dos. Peut-être en mon absence un messager imprudent a-t-il parlé de « Sa Majesté » au lieu de l'appeler le « baron Bern », comme il était convenu, ou bien le gredin a-t-il ouvert des lettres, contrairement aux ordres reçus. Toujours est-il que Munich ou Berlin le chargea de nous surveiller, avant que j'en eusse le moindre soupçon. Ce n'est que beaucoup plus tard et longtemps après avoir été arrêté que je me rappelai le zèle subit dont il avait fait preuve dans les derniers temps de son service chez nous, contrairement à sa nonchalance du début, et l'insistance avec laquelle il m'avait offert, à plusieurs reprises, de mettre mon courrier à la poste. Il y eut donc de ma part une certaine imprévoyance, je l'avoue, mais combien de diplomates et d'officiers n'ont-ils pas été trompés par la perfidie de la clique[8] hitlérienne ? J'eus bientôt une preuve tangible[9] de l'attention que me vouait depuis longtemps la Gestapo : le soir même où Schuschnigg annonçait sa démission, la veille du jour où Hitler entrait à Vienne, j'étais déjà arrêté par des hommes de la SS. J'avais par bonheur pu brûler les papiers les plus importants, sitôt après avoir entendu le discours d'adieu de Schuschnigg et à la dernière minute, juste avant que les sbires[10] n'enfoncent ma porte, expédié à mon oncle dans une corbeille de linge, par l'intermédiaire de ma vieille et fidèle gouvernante, tous les papiers nécessaires à la reconnaissance des titres que les couvents et deux archiducs possédaient à l'étranger. »

Stefan Zweig, *Le Joueur d'échecs*,

8. Groupe de personnes qui se réunissent pour nuire.
9. Formelle, évidente.
10. Individus chargés de basses besognes, hommes de main.

Questions

Repérer et analyser

Le narrateur

1 Identifiez le genre du texte.

2 **a.** Qui est le narrateur dans ce passage ?
b. À quel milieu social appartient-il ? Quelles sont ses activités professionnelles ? Relevez des indices précis.

3 **a.** À quelle sphère politique ses clients appartiennent-ils ? Quel type de service le narrateur leur rend-il ?
b. Pourquoi cette activité a-t-elle attiré l'attention de Hitler ?

Les références à l'Histoire et le regard du narrateur

4 **a.** Quel réseau Hitler avait-il établi en Autriche ?
b. Par quels termes le narrateur désigne-t-il les membres de ce réseau ? Quelle image donne-t-il de ces personnages par ces termes ?
c. De quoi ces personnages sont-ils chargés ?

5 **a.** À quels actes Hitler s'est-il livré dès son accession au pouvoir en Allemagne ?
b. Quelle est la valeur du verbe « dépouiller » (l. 2) ?
c. Quelle image le narrateur donne-t-il du personnage d'Hitler ?

6 **a.** Quel est le fait historique évoqué à la fin de l'extrait ? À quelle date précise cet événement se produit-il ?
b. Qu'est-il arrivé au narrateur à ce moment-là ?

7 Que dénonce le narrateur dans ce passage ?

Extrait 21

L'Ami retrouvé

F. Uhlman

Les parents de Hans ont décidé d'envoyer leur fils en Amérique pour le soustraire aux humiliations dont les juifs sont victimes chaque jour. Deux jours avant son départ, Hans reçoit une lettre de celui qu'il considérait comme son ami, Conrad Von Hohenfels descendant d'une famille illustre dont les quartiers de noblesse remontent aux croisades et dont la mère hait les juifs. Depuis la montée du nazisme, Conrad évite Hans.

Mon cher Hans,

C'est là une lettre difficile. Laisse-moi d'abord te dire combien je suis triste de te voir partir pour l'Amérique. Il ne peut être aisé pour toi, qui aimes l'Allemagne, de commencer une vie nouvelle en Amérique, pays avec lequel toi et moi n'avons rien en commun, et j'imagine ton amertume et ton chagrin. D'autre part, c'est probablement la chose la plus sensée que tu puisses faire. L'Allemagne de demain sera différente de celle que nous avons connue. Ce sera une Allemagne nouvelle sous la conduite de l'homme qui va décider de notre destin et de celui du monde entier pour des siècles à venir. Tu seras scandalisé si je te dis que je crois en cet homme. Lui seul peut préserver notre pays bien-aimé du matérialisme et du bolchevisme[1] : c'est grâce à lui seul que l'Allemagne regagnera l'ascendant moral qu'elle a perdu par sa propre folie. Tu n'en conviendras pas, mais je ne vois pas d'autre espoir pour l'Allemagne. Il nous faut choisir entre Staline[2] et Hitler,

1. Courant politique issu de l'Internationale socialiste et dominé par les théories de Lénine.
2. Homme politique soviétique, à la tête de l'URSS pendant la Seconde Guerre mondiale.

et je préfère Hitler. Sa personnalité et sa sincérité m'ont impressionné plus que je ne l'eusse cru possible. J'ai fait récemment sa connaissance alors que je me trouvais à Munich avec ma mère. Extérieurement, c'est un petit homme quelconque, mais, dès qu'on l'écoute, on est entraîné par sa force de conviction, sa volonté de fer, sa violence inspirée et sa perspicacité prophétique. En sortant, ma mère était en larmes et ne cessait de répéter : « C'est Dieu qui nous l'a envoyé. » Je suis plus fâché que je ne saurais dire de ce que, pour un certain temps – peut-être un an ou deux – il n'y aura pas place pour toi dans cette Nouvelle Allemagne. Mais je ne vois pas pourquoi tu ne reviendrais pas plus tard. L'Allemagne a besoin de gens comme toi et je suis convaincu que le Führer[3] est parfaitement capable et désireux de choisir, parmi les éléments juifs, entre les bons et les indésirables.

Car celui qui vit près de son lieu d'origine répugne à le quitter.

Je suis heureux que tes parents aient décidé de rester. Bien entendu, personne ne les molestera et ils pourront vivre et mourir ici en paix et en sécurité.

Peut-être, un jour, nos chemins se croiseront-ils de nouveau. Je me souviendrai toujours de toi, cher Hans ! Tu as eu sur moi une grande influence. Tu m'as appris à penser, et à douter, et, grâce au doute, à trouver Notre Seigneur et Sauveur Jésus-Christ.

Bien à toi,
Conrad v. H.

Fred Uhlman, *L'Ami retrouvé*, traduction de Léo Lack, coll. « Folio », © Éditions Gallimard, janvier 1985.

3. « Le guide » en allemand.

Repérer et analyser

La situation d'énonciation

1 Cette lettre a-t-elle réellement été écrite ? De quel ouvrage est-elle tirée ? Qui en est donc le véritable destinataire ?

2 Qui est l'énonciateur de la lettre ? Dans quelles circonstances l'a-t-il écrite ? À qui l'a-t-il écrite ?

3 Qui est le narrateur ? Aidez-vous du hors texte. À quel moment de sa vie cette lettre lui parvient-elle ?

Le contenu de la lettre : la prise de position de Conrad

4 Quel portrait Conrad fait-il d'Hitler ? Sur quelle opposition le portrait repose-t-il ? Appuyez-vous précisément sur le texte.

5 **a.** Relevez les arguments par lesquels Conrad cherche à justifier sa prise de position en faveur d'Hitler.
b. Quelles répétitions marquent la force de sa conviction ? Comment nomme-t-il l'Allemagne d'Hitler ? Expliquez.

6 **a.** Relevez la phrase qui exclut totalement Hans. Quel effet peut-elle produire sur lui ?
b. Conrad fait une distinction entre les bons et les mauvais juifs. En quoi justifie-t-elle, inconsciemment de la part de Conrad, l'extermination des juifs ? En quoi rejoint-il sur ce point les certitudes du père de Hans (reportez-vous au premier extrait du recueil, p. 8) ?

La visée

7 Dans quelle intention Conrad a-t-il écrit cette lettre ? Quel effet a-t-elle pu produire sur son destinataire ?

8 Cette lettre fortifie-t-elle l'amitié des deux jeunes gens ou la brise-t-elle ? Justifiez votre réponse.

9 Relevez les passages qui nous indiquent aux lecteurs d'aujourd'hui que Conrad se trompe sur les intentions de Hitler. Quel effet l'ensemble de la lettre produit-elle sur le lecteur ?

Lire et comparer

***La Lettre de Conrad*, Fred Uhlman**

Conrad a été condamné à mort pour avoir conspiré contre Hitler. Le 10 septembre 1944, trois jours avant d'être exécuté, il écrit cette lettre de la prison de Spandau. L'extrait se situe à la fin de la lettre. Hans ne recevra jamais la lettre.

« Je rejoignis donc les Jeunesses hitlériennes – comme les autres – et ma mère me présenta un jour à Hitler.
Elle était si émue qu'elle pouvait à peine parler. Elle pleurait, en extase. Moi aussi j'étais profondément impressionné par le Führer qui mit son bras autour de mes épaules et me dit : « Je ne serais pas plus fier si un Hohenstaufen[1] avait rejoint mon parti. »
Lorsque je retournai au lycée, j'étais un nazi convaincu – l'enfant chéri et adoré d'une mère ô combien aimante !
La suite, tu la connais.
À mon retour – que Dieu me pardonne –, je ne t'ai plus jamais adressé la parole.
Comment pouvais-je t'expliquer que j'étais devenu nazi ?
Mon cher Hans, j'ose à peine continuer. Comme j'ai été lâche et combien stupide ! Comme tu as dû souffrir ! Comme tu as dû me mépriser, moi, ton ami : Judas Iscariote[2] von Hohenfels !
Crois-moi, je t'en supplie, crois-moi, je te donne ma parole d'honneur, j'aurais voulu que tu gagnes quand tu t'es battu avec Bolbacher[3] au cours de cette terrible bagarre. Je t'admirais, j'étais de ton côté. Je jure que je serais venu à ton aide si tu en avais eu besoin, mais c'est toi qui as battu cette brute, qui périt plus tard à Stalingrad[4].
Encore un mot : j'ai essayé de sauver tes parents, surtout ta mère. Je suis allé voir Himmler[5] qui m'a promis de ne pas les empêcher de te rejoindre en Amérique.

1. Dynastie à laquelle appartenait l'empereur Frédéric Barberousse.
2. Apôtre qui a trahi le Christ.
3. Un des élèves nazis de la classe de Hans et Conrad.
4. Victoire décisive remportée par les Soviétiques sur les Allemands.
5. Chef de la Gestapo et des SS, ministre de l'Intérieur du IIIe Reich. Il mit en place l'extermination des juifs.

Je leur ai écrit. Je suis allé voir ta mère. Je lui ai dit que je l'aimais. Elle me reçut comme si de rien n'était. Comme si tu étais présent. Quand je l'ai quittée, elle tricotait, assise comme à l'accoutumée dans son jardin d'hiver. Nous n'avons pas prononcé ton nom, mais lorsque je pris congé elle m'embrassa – comme si de rien n'était. Ils moururent deux jours plus tard. Je me rendis à leur enterrement. Il y avait des centaines de gens ; des Juifs et des chrétiens. Et j'ai pleuré aussi.

Hans, essaye de comprendre dans quel environnement je me trouvais et quelles pressions je subissais autour de moi.

Je n'avais que seize ans quand je suis tombé dans le piège que ma mère m'avait tendu. Essaye de comprendre comme c'était difficile pour moi, un Hohenfels, de résister à l'appel des armes, au son du tambour et des fanfares, à l'éclat des bannières, qui réveillaient en moi les instincts les plus profonds : partir en croisade et accomplir de hauts faits d'armes comme l'avaient jadis fait mes ancêtres près de deux mille ans. C'était l'appel atavique[6] vers l'action, opposé à l'esprit contemplatif, que tu représentais. Il ne faisait aucun doute que cet appel prévaudrait quand l'occasion se présenterait.

L'occasion ne tarda pas à se présenter.

Plus tôt que je ne l'aurais voulu.

Je fus incorporé à le Reichswehr[7] à l'âge de vingt et un ans, je devins capitaine à vingt-trois ans et major à vingt-sept.

Je combattis en France, en Crète et en Italie. Quand Stalingrad tomba, je compris que nous avions perdu la guerre. Je participai à la conjuration Stauffenberg[8]. Tu connais la suite.

Ce fut une décision terrible. En mille ans d'histoire, aucun Hohenfels n'avait jamais trahi en temps de guerre. C'était contre nos principes, nos croyances, notre caractère et notre éducation. Mais, là, nous agissions pour le bien de la patrie. Il s'agissait de sauver des millions de vies. Dès que nous avons été sûrs de ne pouvoir gagner la guerre, nous avons décidé d'agir. Il était absurde de continuer.

6. Héréditaire.
7. Nom de l'armée allemande avant qu'elle devienne la Wermacht.
8. Officier allemand qui prépara l'attentat du 20 juillet 1944 auquel échappa Hitler.

Un dernier point, mais le plus important. Je dois te le répéter encore une fois.
Je n'avais jamais entendu parler des chambres à gaz. Ce n'est que quelques mois avant l'attentat contre Hitler que j'appris cette chose horrible. Cela ne fit que me confirmer dans ma détermination de tuer le monstre.
Hans, mon cher ami, ceci est la vérité. Je savais qu'il y avait des camps de concentration mais je ne savais rien des chambres à gaz. Je le jure au nom de Notre Seigneur Jésus-Christ ! Je le jure !
Je ne sais si cette lettre te parviendra un jour. Je l'ai écrite pour toi dans l'espoir qu'en dépit de mon style maladroit, elle t'aide à comprendre les raisons de mes actions qui n'ont jamais été déshonorantes.
Faible et confus, je l'ai certainement été. Malhonnête, jamais. Pardonne-moi, mon cher vieil ami – si tu le peux.
J'ai passé avec toi les plus beaux mois de ma vie. Mon amour pour la poésie, pour l'étude, c'est à toi que je le dois.
Je dois m'arrêter maintenant.
La mort m'appelle.
Prie pour moi. Pour mon âme. Même si tu ne crois pas en Dieu, prie pour moi, prie pour moi.
Pour toujours, de toute éternité.

Ton ami. Conrad von Hofenhels.

Fred Uhlman, *La Lettre de Conrad*, © Éditions Stock.

10 En quoi cette dernière lettre complète-t-elle la précédente ? Comment justifie-t-il son engagement ? Comment explique-t-il son attitude envers Hans et ses parents ? Que révèle-t-il sur leur sort ?

11 Résumez son évolution depuis son adhésion au nazisme jusqu'à sa condamnation à mort. Quel fait confirme sa détermination à tuer Hitler ? Par quelle expression le désigne-t-il ? Comparez cette appellation à ce qu'il en disait dans sa première lettre.

12 Quelle autocritique fait-il de son attitude ? Quels procédés emploie-t-il pour convaincre son ami de sa bonne foi ? Quel effet veut-il produire sur Hans ? Y réussira-t-il ? Pourquoi (voir le hors-texte) ?

13 Quel rôle joue cette lettre pour Conrad ?

Extrait 22

Inconnu à cette adresse

K. Kressmann-Taylor

Kathrine Kressmann-Taylor (1903-1997), journaliste et écrivain américaine, publie Inconnu à cette adresse *en 1938.*

Cette nouvelle est composée de lettres racontant l'histoire de la dégradation d'une amitié entre un juif américain d'origine allemande, Max, et un Allemand, Martin, qui, après avoir vécu en Amérique, décide de rentrer en Allemagne en 1932.

SCHLOSS RANTZENBURG,
MUNICH, ALLEMAGNE

Le 25 mars 1933
M. Max Eisenstein
Galerie Schulse-Eisenstein
San Francisco,
Californie, USA

Cher vieux Max,

Tu as certainement entendu parler de ce qui se passe ici, et je suppose que cela t'intéresse de savoir comment nous vivons les événements de l'intérieur. Franchement, Max, je crois qu'à nombre d'égards Hitler est bon pour l'Allemagne, mais je n'en suis pas sûr. Maintenant, c'est lui qui, de fait, est le chef du gouvernement. Je doute que Hindenburg[1] lui-même puisse le déloger du fait qu'on l'a obligé à le placer au pouvoir. L'homme électrise littéralement les foules ; il possède une force que seul peut avoir un grand orateur doublé d'un fanatique. Mais je m'interroge : est-il complètement sain d'esprit ? Ses escouades

1. Président de la République de Weimar, il nomma Hitler chancelier.

en chemises brunes[2] sont issues de la populace. Elles pillent, et elles ont commencé à persécuter les Juifs. Mais il ne s'agit peut-être là que d'incidents mineurs : la petite écume trouble qui se forme en surface quand bout le chaudron d'un grand mouvement. Car je te le dis, mon ami, c'est à l'émergence d'une force vive que nous assistons dans ce pays. Une force vive. Les gens se sentent stimulés, on s'en rend compte en marchant dans les rues, en entrant dans les magasins. Ils se sont débarrassés de leur désespoir comme on enlève un vieux manteau. Ils n'ont plus honte, ils croient de nouveau à l'avenir. Peut-être va-t-on trouver un moyen pour mettre fin à la misère. Quelque chose – j'ignore quoi – va se produire. On a trouvé un Guide[3] ! Pourtant, prudent, je me dis tout bas : où cela va-t-il nous mener ? Vaincre le désespoir nous engage souvent dans des directions insensées.

Naturellement, je n'exprime pas mes doutes en public. Puisque je suis désormais un personnage officiel au service du nouveau régime, je clame au contraire ma jubilation[4] sur tous les toits. Ceux d'entre nous, les fonctionnaires de l'administration locale, qui tiennent à leur peau sont prompts à rejoindre le national-socialisme – c'est le nom du parti de *Herr*[5] Hitler. Mais, en même temps, cette attitude est bien plus qu'un simple expédient[6] : c'est la conscience que nous, le peuple allemand, sommes en voie d'accomplir notre destinée ; que l'avenir s'élance vers nous telle une vague prête à déferler. Nous aussi nous devons bouger, mais dans le sens de la vague, et non à contre-courant. De graves injustices se commettent encore aujourd'hui. Les troupes d'assaut célèbrent leur victoire, et chaque visage ensanglanté qu'on croise vous fait secrètement saigner le cœur. Mais tout cela est transitoire ; si la finalité

2. Allusion à la tenue des membres du Parti national-socialiste.
3. Traduction du mot « führer ».
4. Joie.
5. « Monsieur » en allemand.
6. Moyen rapide d'arriver à ses fins.

est juste, ces incidents passagers seront vite oubliés. L'Histoire s'écrira sur une page blanche et propre.

La seule question que je me pose désormais – vois-tu, tu es le seul à qui je puisse me confier – est celle-ci : la finalité est-elle juste ? Le but que nous poursuivons est-il meilleur qu'avant ? parce que, tu sais, Max, depuis que je suis dans ce pays, je les ai vus, ces gens de ma race, et j'ai appris les souffrances qu'ils ont endurées toutes ces années – le pain de plus en plus rare, les corps de plus en plus maigres et les esprits malades. Ils étaient pris jusqu'au cou dans les sables mouvants du désespoir. Ils allaient mourir, mais un homme leur a tendu la main et les a sortis du trou. Tout ce qu'ils savent maintenant, c'est qu'ils survivront. Ils sont possédés par l'hystérie de la délivrance, et cet homme, ils le vénèrent. Mais, quel que fût le sauveur, ils auraient agi ainsi. Plaise à Dieu qu'il soit un chef digne de ce nom et non un ange de la mort. À toi seul, Max, je peux avouer que j'ignore qui il est vraiment. Oui, je l'ignore. Pourtant, je ne perds pas confiance.

Mais assez de politique. Notre nouvelle maison nous enchante et nous recevons beaucoup. Ce soir, c'est le maire que nous avons invité – un dîner de vingt-huit couverts. Tu vois, on « étale » un peu la marchandise, mais il faut nous le pardonner. Elsa[7] a une nouvelle robe en velours bleu. Elle est terrifiée à l'idée de ne pouvoir entrer dedans. Elle est de nouveau enceinte. Rien de tel pour satisfaire durablement sa femme, Max : faire en sorte qu'elle soit tellement occupée avec les bébés qu'elle n'ait pas le temps de geindre.

Notre Heinrich[8] a fait une conquête mondaine. Il montait son poney quand il s'est fait désarçonner. Et qui l'a ramassé ? Le baron Von Freische[9] en personne. Ils ont eu une longue conversation sur l'Amérique, puis, un jour, le baron est passé

7. Épouse de Martin.
8. Fils de Martin.
9. Notable local.

chez nous et nous lui avons offert le café. Il a invité Heinrich à déjeuner chez lui la semaine prochaine. Quel garçon ! Il fait la joie de tout le monde – dommage que son allemand ne soit pas meilleur.

Ainsi, mon cher ami, allons-nous peut-être participer activement à de grands événements ; ou peut-être nous contenter de poursuivre notre petit train-train familial. Mais nous ne renoncerons jamais à l'authenticité de cette amitié dont tu parles de façon si touchante. Notre cœur va vers toi, au-delà des vastes mers, et quand nous remplissons nos verres nous ne manquerons jamais de boire à la santé de « l'oncle Max ».

Souvenir affectueux

Martin

Kathrine Kressmann-Taylor, *Inconnu à cette adresse*, traduit de l'anglais (américain) par Michèle Lévy-Bram, coll. « Littératures », Éditions Autrement, Paris, 1999.

Berlin, 9-10 novembre 1938, Nuit de cristal. Magasin juif détruit et pillé.

Questions

Repérer et analyser

Le roman par lettres

Le roman ou la nouvelle par lettres (épistolaire) se présente comme entièrement constitué de lettres. Le roman épistolaire efface la présence du narrateur, déléguant la narration aux personnages épistoliers.

1 **a.** De quel ouvrage cette lettre est-elle tirée ? S'agit-il d'une lettre authentique ou d'une lettre fictive ?
b. Qui est l'énonciateur ? Où se trouve-t-il ?
c. Qui est le destinataire de la lettre ? Où habite-t-il ?

2 À quelle date cette lettre est-elle écrite ? Qui dirige le gouvernement à cette époque en Allemagne ?

3 Relevez les formules d'appel et de clôture de la lettre. Qu'indiquent-elles sur les rapports entre l'énonciateur et son destinataire ? Quelles expressions du texte font état de ces relations ?

Le contenu de la lettre

4 **a.** Quelles informations Martin fournit-il quant à la personnalité d'Hitler ? Quel effet produit-il sur les foules ?
b. La première lettre de Conrad (*L'Ami retrouvé*) véhiculait la même idée (p. 8). Quelle restriction Martin, lui, introduit-il dans ce portrait ?
c. Dans quel état était le pays avant l'arrivée d'Hitler au pouvoir ? Quelles comparaisons et métaphores Martin choisit-il pour expliquer cette situation ? Quel effet produisent-elles ?

5 **a.** Comment Martin justifie-t-il l'adhésion des Allemands à la politique d'Hitler ?
b. Martin a-t-il accepté de participer à ce régime ? Relevez la phrase qui l'indique.
c. Quels sont ses doutes, ses questions ?

La visée

6 **a.** Dans quelle intention Martin a-t-il écrit cette lettre ? Quel message a-t-il voulu transmettre à son destinataire ?
b. Quels sentiments contradictoires Martin éprouve-t-il envers Hitler ?

c. Quel effet cette lettre produit-elle sur le lecteur ? En quoi les événements historiques qui ont suivi donnent-ils à la lecture de cette lettre une autre dimension ?

Lire et comparer

Lettre du 9 juillet 1933

DEUTSCH-VOELKISCHE BANK
UND HANDELSGESELLSCHAFT,
MUNICH, ALLEMAGNE

Le 9 juillet 1933
M. Max Eisenstein
Galerie Schulse-Eisenstein
San Francisco,
Californie, USA

Cher Max,
Comme tu pourras le constater, je t'écris sur le papier à lettres de ma banque. C'est nécessaire, car j'ai une requête à t'adresser et souhaite éviter la nouvelle censure, qui est des plus strictes. Nous devons présentement cesser de nous écrire. Il devient impossible pour moi de correspondre avec un Juif ; et ce le serait même si je n'avais pas une position officielle à défendre. Si tu as quelque chose d'essentiel à me dire, tu dois le faire par le biais de la banque, au dos de la traite que tu m'envoies, et ne plus jamais m'écrire chez moi.
En ce qui concerne les mesures sévères[1] qui t'affligent tellement, je dois dire que, au début, elles ne me plaisaient pas non plus ; mais j'en suis arrivé à admettre leur douloureuse nécessité. La race juive est une plaie ouverte pour toute nation qui lui a donné refuge. Je n'ai jamais haï les Juifs en tant qu'individus – toi, par exemple, je t'ai toujours considéré comme mon ami –, mais sache que je parle en toute honnêteté quand j'ajoute que je t'ai sincèrement aimé non à cause de ta race, mais malgré elle.

1. Il s'agit des lois anti-juives proclamées par Hitler.

Le Juif est le bouc émissaire universel[2]. Il doit bien y avoir une raison à cela, et ce n'est pas la superstition ancestrale consistant à les désigner comme les « assassins du Christ » qui éveille une telle méfiance à leur égard. Quant aux ennemis juifs actuels, ils ne sont qu'accessoires. Quelque chose de plus important se prépare. Si seulement je pouvais te montrer – non, t'obliger à constater – la renaissance de l'Allemagne sous l'égide[3] de son vénéré Chef… Un si grand peuple ne pouvait pas rester éternellement sous le joug du reste du monde. Après la défaite, nous avons plié l'échine pendant quatorze ans. Pendant quatorze ans, nous avons mangé le pain amer de la honte et bu le brouet[4] clair de la pauvreté. Mais maintenant, nous sommes des hommes libres. Nous nous redressons, conscients de notre pouvoir ; nous relevons la tête face aux autres nations. Nous purgeons notre sang de ses éléments impurs. C'est en chantant que nous parcourons nos vallées, nos muscles durs vibrent, impatients de s'atteler à un nouveau labeur ; et nos montagnes résonnent des voix de Wotan et de Thor[5], les anciens dieux de la race germanique.
Mais non… Tout en t'écrivant, et en me laissant aller à l'enthousiasme suscité par ces visions si neuves, je me dis que tu ne comprendrais pas à quel point tout cela est nécessaire pour l'Allemagne. Tu ne t'attacheras, je le sais, qu'aux ennuis de ton propre peuple. Tu refuseras de concevoir que quelques-uns doivent souffrir pour que des millions soient sauvés. Tu seras avant tout un Juif qui pleurniche sur son peuple. Cela, je l'admets. C'est conforme au caractère sémite. Vous vous lamentez mais vous n'êtes pas assez courageux pour vous battre en retour. C'est pourquoi il y a des pogroms. Hélas, Max, tout cela va te blesser, je le sais, mais tu dois accepter la vérité. Parfois, un mouvement est plus important que les hommes qui l'initient. Pour ma part, j'y adhère corps et âme. Heinrich est officier dans un corps de jeunesse, sous les ordres du baron Von Freische. Le nom de ce dernier rehausse encore notre maison car il rend souvent visite à Heinrich et à Elsa, qu'il admire beaucoup.

2. Celui sur qui on rejette toutes les fautes.
3. Le commandement.
4. Bouillon.
5. Wotan est le nom germanique d'Odin, dieu de la guerre chez les scandinaves. Thor est le dieu guerrier, maître du tonnerre.

Quant à moi, je suis débordé de travail. Elsa ne s'intéresse guère à la politique ; elle se contente d'adorer notre noble Chef. Elle se fatigue vite, ce dernier mois. Cela peut signifier que le bébé arrivera plus tôt que prévu. Ce sera mieux pour elle quand le dernier de nos enfants sera né.
Je regrette qu'on doive mettre ainsi fin à notre correspondance, Max. Il n'est pas exclu que nous nous retrouvions un jour, sur un terrain où nous pourrons développer une meilleure compréhension mutuelle.

Cordialement
Martin Schulse

Kathrine Kressmann-Taylor, *Inconnu à cette adresse*, traduit de l'anglais (américain) par Michèle Lévy-Bram, coll. « Littératures », Éditions Autrement, Paris 1999.

7 Combien de temps s'est-il écoulé entre les deux lettres ?

8 **a.** Relevez les formules qui commencent et terminent la lettre et comparez-les à la lettre précédente. Que remarquez-vous ?
b. Quelle demande fait-il à Max ? Quelles raisons invoque-t-il pour se justifier ?

9 **a.** Par quelles actions et opinions Martin exprime-t-il sa totale adhésion à l'idéologie nazie ? Relevez la phrase la plus significative de la lettre.
b. Par quelle expression désigne-t-il Hitler ?
c. À qui le pronom personnel « nous » (l. 27 à 34) renvoie-t-il ? À quel pronom personnel l'oppose-t-il ? Qui est désigné par ce second pronom ?
d. Relevez le lexique appliqué aux juifs. Quelle est sa valeur ? Quel sentiment traduit-il ?

10 **a.** Qu'est devenu Martin en quelques mois ?
b. Dans quelle intention précise a-t-il écrit cette lettre ? Que va-t-il s'ensuivre quant à l'évolution des rapports entre les deux amis ?

11 Quel effet cette lettre produit-elle sur le lecteur d'aujourd'hui ?

Extrait 23

Le Silence de la mer

Vercors

Vercors (1902-1991) est le pseudonyme de Jean Bruller, dessinateur et écrivain français. En 1940, il entre dans la Résistance. Il publie Le Silence de la mer *en 1942, dans la clandestinité.*

Dans un village de la France occupée, un officier allemand s'installe dans une chambre réquisitionnée dans la demeure du narrateur. Contraints d'accepter la présence de l'officier, le narrateur et sa nièce résistent à leur façon, c'est-à-dire en restant silencieux. L'officier (un musicien) prend l'habitude de passer ses soirées avec ses hôtes, se contentant de parler sans attendre de réponse. Il leur fait part de son amour pour la France. Mais lors d'une permission passée à Paris, il s'aperçoit que le but des nazis est de détruire « l'âme de la France ».

Ses lèvres firent : « Pp... » et il prononça, – la voix était sourde, sourde, sourde :

– J'ai vu ces hommes victorieux.

Puis, après quelques secondes, d'une voix plus basse encore :

– Je leur ai parlé. » Et enfin dans un murmure, avec une lenteur amère :

– Ils ont ri de moi.

Il leva les yeux sur ma personne et avec gravité hocha trois fois imperceptiblement la tête. Les yeux se fermèrent, puis :

– Ils ont dit : « Vous n'avez pas compris que nous les bernons ? » Ils ont dit cela. Exactement. *Wir prellen sie*. Ils ont dit : « Vous ne supposez pas que nous allons sottement laisser la France se relever à notre frontière ? Non ? » Ils rirent très fort. Ils me frappaient joyeusement le dos en regardant ma figure : « Nous ne sommes pas des musiciens ! »

Sa voix marquait, en prononçant ces derniers mots, un obscur mépris, dont je ne sais s'il reflétait ses propres sentiments à l'égard des autres, ou le ton même des paroles de ceux-ci.

– Alors j'ai parlé longtemps, avec beaucoup de véhémence. Ils faisaient : « Tst ! Tst ! » Ils ont dit : « La politique n'est pas un rêve de poète. Pourquoi supposez-vous que nous avons fait la guerre ? Pour leur vieux Maréchal ? » Ils ont encore ri : « Nous ne sommes pas des fous ni des niais : nous avons l'occasion de détruire la France, elle le sera. Pas seulement sa puissance : son âme aussi. Son âme surtout. Son âme est le plus grand danger. C'est notre travail en ce moment : ne vous y trompez pas, mon cher ! Nous la pourrirons par nos sourires et nos ménagements. Nous en ferons une chienne rampante. »

Il se tut. Il semblait essoufflé. Il serrait les mâchoires avec une telle énergie que je voyais saillir les pommettes, et une veine, épaisse et tortueuse comme un ver, battre sous la tempe. Soudain toute la peau de son visage remua, dans une sorte de frémissement souterrain, – comme fait un coup de brise sur un lac ; comme, aux premières bulles, la pellicule de crème durcie à la surface d'un lait qu'on fait bouillir. Et ses yeux s'accrochèrent aux yeux pâles et dilatés de ma nièce, et il dit, sur un ton bas, uniforme, intense et oppressé, avec une lenteur accablée :

– Il n'y a pas d'espoir. » Et d'une voix plus sourde encore et plus basse, et plus lente, comme pour se torturer lui-même de cette intolérable constatation : « Pas d'espoir. Pas d'espoir. » Et soudain, d'une voix inopinément haute et forte, et à ma surprise claire et timbrée, comme un coup de clairon, - comme un cri : « Pas d'espoir ! »

Ensuite, le silence.

Je crus l'entendre rire. Son front, bourrelé et fripé, ressemblait à un grelin d'amarre. Ses lèvres tremblèrent, – des lèvres de malade à la fois fiévreuses et pâles.

– Ils m'ont blâmé, avec un peu de colère : « Vous voyez bien ! Vous voyez combien vous l'aimez ! Voilà le grand Péril ! Mais nous guérirons l'Europe de cette peste ! Nous la purgerons de ce poison ! » Ils m'ont tout expliqué, oh ! ils ne m'ont rien laissé ignorer. Ils flattent vos écrivains, mais en même temps, en Belgique, en Hollande, dans tous les pays qu'occupent nos troupes, ils font déjà le barrage. Aucun livre français ne peu plus passer, – sauf les publications techniques, manuels de dioptrique[1] ou formulaires de cémentation[2]... Mais les ouvrages de culture générale, aucun. Rien !

Son regard passa par-dessus ma tête, volant et se cognant aux coins de la pièce comme un oiseau de nuit égaré. Enfin il sembla trouver refuge sur les rayons les plus sombres, - ceux où s'alignent Racine, Ronsard, Rousseau. Ses yeux restèrent accrochés là et sa voix reprit, avec une violence gémissante :

– Rien, rien, personne ! » Et comme si nous n'avions pas compris encore, pas mesuré l'énormité de la menace : « Pas seulement vos modernes ! Pas seulement vos Péguy, vos Proust, vos Bergson... Mais tous les autres ! Tous ceux-là ! Tous ! Tous ! Tous ! »

Son regard encore une fois balaya les reliures doucement luisant dans la pénombre, comme pour une caresse désespérée.

– Ils éteindront la flamme tout à fait ! cria-t-il. L'Europe ne sera plus éclairée par cette lumière !

Et sa voix creuse et grave fit vibrer jusqu'au fond de ma poitrine, inattendu et saisissant, le cri dont l'ultime syllabe traînait comme une frémissante plainte :

– Nevermore[3] !

Vercors, *Le Silence de la mer*,

1. Partie de la physique qui traite de la réfraction de la lumière.
2. Chauffage d'une pièce métallique au contact d'un cément.
3. Mot anglais signifiant : « jamais plus ».

Questions

Repérer et analyser

La situation d'énonciation et les circonstances

1 Quel est le genre du texte ? Qui est le narrateur ?

2 Quel pronom désigne l'officier ? Est-il fait référence à sa condition d'officier ? Pourquoi ?

3 Qui sont les destinataires de ses paroles ? Relevez les passages qui l'indiquent. Les personnages répondent-ils ? Attend-il une réponse ?

4 Dans quelle ville l'officier allemand s'est-il rendu (hors-texte) ? Quels personnages a-t-il rencontrés ? Par quelle expression les désigne-t-il ? Montrez qu'il rapporte les paroles de ces personnages. Comment le lecteur sait-il qui parle ?

Les paroles de l'officier

5 Selon quel style (direct, indirect…) le narrateur rapporte-t-il les paroles de l'officier ? Selon quel style l'officier rapporte-t-il lui-même les paroles de ses collègues ?

6 Quels sont les reproches qui lui ont été faits ? Montrez, en citant le texte, que l'officier s'est montré en désaccord avec ses interlocuteurs. Sur quels points ? Sur quel ton lui a-t-on parlé ? Appuyez-vous notamment sur les interjections, les types de phrases. Comment l'officier a-t-il réagi à ces paroles ?

7 **a.** Pour quelle raison l'officier éprouve-t-il le besoin de faire part de cette conversation à ses hôtes ? Quel mot répète-t-il quatre fois (l. 39 à 44) ? Sur quel ton ?

b. Quel est l'état intérieur de l'officier à ce moment ? Quelles en sont les manifestations physiques ? Relevez les expressions qui se réfèrent à son regard à partir de la ligne 59 : à quoi son regard est-il comparé ? Que ressent-il à la vue des livres ?

La visée

8 **a.** Quel est l'idéal de cet officier ? Quelle est sa crainte la plus profonde ?

b. En quoi cet Allemand est-il différent de ceux précédemment rencontrés (Vercors, Kressmann-Taylor, Uhlman, Zweig) ?

Extrait 24

L'Américain

F.-O. Giesbert

Franz-Olivier Giesbert est né le 18 janvier 1949 aux États-Unis, d'un père américain qui a fait le débarquement en Normandie et d'une mère française. Il arrive à l'âge de trois ans en France.

Journaliste, il travaille, entre autres, au Nouvel Observateur, *au* Figaro *et au* Point. *Il présente aussi des émissions à la télévision. Parallèlement, il écrit des romans, des essais et des biographies.*

L'Américain, *récit autobiographique, paraît en 2004. L'Américain est le père de l'auteur.*

Quand il mit le pied sur le chaland[1] d'embarquement où de pauvres gisants, bouffés par le mal de mer et déjà plus morts que vivants, se laissaient recouvrir par les vagues, je suis sûr que papa n'aimait plus personne. Sûrement plus lui-même, déshonoré qu'il se sentait d'éprouver une telle frousse. Encore moins le général Omar Bradley[2], son chef et sa tête de Turc, qui suivait le déroulement des opérations de loin, sur son navire amiral, des boules de coton dans les oreilles, pour que, surtout, ses tympans ne soient pas abîmés.

Ça secouait beaucoup dans le chaland d'embarquement, et il est probable que papa dégobilla un peu de bile et de salive, s'il lui en restait encore, avant de sauter dans la mer pour faire les derniers mètres à pied.

1. Bateau non ponté à fond plat.
2. Général américain qui commanda le 12e groupe d'armées de la Normandie à l'Allemagne.

La mer était rouge. Une des rares choses qu'il m'ait dites lui-même sur sa guerre est qu'il a marché vers le rivage, sous le feu de l'ennemi, dans une eau de sang. Il avançait comme tous les autres, en grelottant jusque dans la moelle des os, la bouche ouverte, l'œil éteint et l'expression d'étonnement stupide de certains morts sur leur lit. C'est à ce moment-là qu'il a dû faire dans son froc, une autre confidence qu'il m'a glissée le soir où nous avions décidé, maman et moi, d'aller voir, en dépit de ses objurgations[3], *Le Jour le plus long* de Darry F. Zanuck au Studio-Venise, à Elbeuf. Alors que nous étions sur le pas de la porte, il avait tenté, une dernière fois, de nous dissuader :

« On ne devrait pas avoir le droit de montrer le débarquement au cinéma. C'est indécent.

– Mais c'est de l'Histoire, dis-je. Presque de l'Histoire ancienne.

– Non, c'est du blasphème envers tous ceux qui sont morts au combat. Un film ne dira jamais la vérité : pendant le débarquement, on se chiait et on se pissait dessus de trouille. Oui, tous. Moi compris. »

Les morts relâchant leurs sphincters après leur denier souffle, j'ai compris, ce soir-là, que mon père était mort, le jour du débarquement. Bien sûr, ça ne l'empêchait pas de vivre. Mais mourir n'a jamais empêché personne de vivre.

Le 6 juin 1944, le monde n'était plus qu'un grand fracas. Papa était assailli de tous côtés par le bruit des rafales, des bombes et du vent qui gueulait ses injures. Sans oublier les cris des blessés. Couchés ou accroupis, dans l'eau ou sur le sable, ils appelaient au secours mais n'intéressaient plus personne.

Papa est revenu à moitié sourd de la guerre. À cause, disait-il, du bruit des obus, pendant le débarquement. Je crois plutôt que c'est à cause des hurlements de ses camarades blessés,

3. Prières pressantes.

Omaha Beach, 6 juin 1944. Photographie prise par Robert Capa (voir p. 144).

qu'il a laissés derrière lui, et qui, des années après, lui crevaient encore les tympans. Il s'en voudrait toujours d'avoir suivi les ordres. De ne pas s'être arrêté. De ne pas s'être attendri. […]

Pas question de ralentir. L'armée américaine tentait de noyer les lignes allemandes sous des flots de chair fraîche. Ses soldats avançaient avec la même expression d'effroi, intérieurement pleins d'un grand silence, sans se préoccuper de tous ceux qui tombaient devant, derrière, à côté d'eux, et souvent en pièces détachées. Derrière eux, la plage était pleine de remords qui ne devaient plus cesser de tourmenter mon père.

Ce jour-là, il décida que la vie est un mensonge et la mort, la seule vérité du monde. Ce jour-là aussi, il décida qu'il passerait le restant de ses jours en Normandie. C'est maman qui me l'a raconté.

Quand il arriva en haut de la première dune, au bout de la plage, tout ruisselant d'eau et les brodequins[4] glougloutants, papa aperçut un gros morceau de ciel bleu dans le coton du ciel. Il interpréta ça comme un signe, parce qu'il croyait aux signes. Il ressentit aussi quelque chose qui le grisait, le souffle de la vie vivante, le bonheur de respirer encore. S'il n'avait été lourdement chargé, je crois qu'il se serait agenouillé, comme le saint Père, pour embrasser la terre où, désormais, il voulait vivre.

Franz-Olivier Giesbert, *L'Américain*,

4. Chaussures à tige montant au-dessus de la cheville que portaient les soldats.

Questions

Repérer et analyser

La situation d'énonciation et le cadre

1 À qui le pronom personnel « je » renvoie-t-il ? Citez un exemple dans lequel il renvoie au narrateur adulte et un exemple dans lequel le narrateur est un enfant. Appuyez-vous sur les temps des verbes.

2 **a.** Quel personnage est au centre du récit ? Par quel mot le narrateur le désigne-t-il ?
b. À quel niveau de langage ce terme appartient-il ? Quel est l'effet produit ?

3 **a.** Dans quel cadre se déroule l'événement raconté ? À quelle date précise ? Évaluez la durée de l'épisode. Appuyez-vous sur des indications temporelles.
b. En quoi l'histoire personnelle du personnage rejoint-elle l'Histoire ?

4 À quels différents moments du passé correspondent les imparfaits « ça secouait » (l. 10) et « nous étions sur le pas de la porte » (l. 23-24) ?

L'événement raconté

5 **a.** De quel événement le narrateur fait-il le récit ? En a-t-il été le témoin ?
b. Relevez les modalisateurs (voir p. 33) par lesquels le narrateur marque son incertitude quant à l'authenticité des sentiments et des réactions qu'il prête à son père.
c. De quels détails le narrateur est-il sûr ? Pourquoi en est-il sûr ? Relevez les passages précis.

6 **a.** Relevez les mots qui appartiennent aux champs lexicaux du bruit et de la souffrance.
b. Quelle est l'origine de ces différents bruits ?
c. Relevez la métaphore qui exprime leur violence (l. 37).
d. Quels traumatismes ces bruits ont-ils causés au père du narrateur ?

7 **a.** Relevez les champs lexicaux du sang, de la blessure et de la mort. Quel est l'effet produit par leur présence ?
b. Quelles sont les manifestations physiques de la peur chez les hommes qui débarquent ?

8 **a.** Pour quelle raison le père éprouve-t-il des remords ?
b. Expliquez les phrases « mon père était mort, le jour du débarquement » (l. 34) et « mais mourir n'a jamais empêché personne de vivre » (l. 35-36). En quoi cette dernière phrase repose-t-elle sur un paradoxe (voir p. 95) ?

La visée

9 Quels sentiments contradictoires le père éprouve-t-il ce jour-là ? Lesquels ne le quitteront plus ?

10 Quel effet produit un tel texte sur le lecteur ? En quoi ce texte a-t-il valeur de témoignage et diffère-t-il des récits de débarquements tels qu'on peut les lire dans un livre d'Histoire ? Rédigez votre réponse en quelques lignes.

Lire et comparer

Robert Capa

Robert Capa (1913-1954) né à Budapest, est un photographe qui a couvert les plus grands événements de son époque. Il a suivi la guerre d'Espagne avant d'émigrer aux États-Unis en 1939. Correspondant de guerre pour *Life Magazine*, il a suivi également la Seconde Guerre mondiale de 1941 à 1945 et participé au débarquement en Normandie. En 1947, il fonde avec d'autres amis photographes l'agence Magnum.

« La côte normande est encore à des kilomètres quand le bruit du premier éclat de balle percute nos oreilles. On se jette à plat ventre dans les vomissures sans plus surveiller la côte qui s'approche. Le fond plat de notre vedette racle le sol de France. Le maître d'équipage baisse l'avant en fer et là, entre les obstacles d'acier aux silhouettes grotesques plantés dans l'eau, apparaît une mince bande de terre noyée dans la fumée – notre Europe, la plage « Easy Red ».

Ma belle France est repoussante et horrible, et la mitrailleuse allemande qui fait crépiter ses balles tout autour de notre vedette bousille mon retour. Les hommes de mon bateau pataugent dans l'eau jusqu'à la taille, leurs fusils prêts à tirer. L'eau est froide et la plage encore à plus de 100 mètres. Les balles trouent la mer tout autour de moi. Le jour est à peine levé et le temps trop couvert pour faire de bonnes photos mais l'eau grise et le ciel plombé font ressortir les petits hommes embusqués derrière les défenses surréalistes inventées par les experts antidébarquement. Les Allemands jouent maintenant de tous leurs instruments et je ne vois aucun trou entre les obus et les balles qui barrent les trente derniers mètres avant la plage. La marée monte et l'eau atteint maintenant ma lettre d'adieux dans la poche de ma chemise. Protégé par les deux hommes qui me précèdent, j'arrive sur la plage. Je me jette par terre et mes lèvres touchent la terre de France. Je n'ai pas envie de l'embrasser.
Saint-Laurent-sur-Mer a dû être une station balnéaire moche et bon marché pour les instituteurs français. Aujourd'hui, le 6 juin 1944, c'est la plage la plus laide du monde entier. Épuisés par l'eau et la peur, nous sommes étendus sur une petite bande de sable mouillé entre la mer et les fils de fer barbelés. À condition de rester couchés, la pente de la plage nous protège un peu de la mitrailleuse et des balles mais la marée nous oblige à nous rapprocher des barbelés où les fusils s'en donnent à cœur joie.
Un obus tombe entre les barbelés et la mer, et chacun de ses éclats frappe un corps. Le prêtre irlandais et le médecin juif sont les premiers à se mettre debout sur la plage « Easy Red ». Je prends la photo. L'obus suivant éclate encore plus près. Je n'ose plus décoller mon œil de l'objectif de mon Contax et je prends frénétiquement photo sur photo. Une demi-minute plus tard mon appareil se bloque, le rouleau est fini. J'en cherche un nouveau dans mon sac ; mes mains mouillées et tremblantes bousillent le nouveau film avant que je puisse le mettre dans l'appareil. Je m'arrête quelques secondes… et c'est encore pire. L'appareil vide tremble dans mes mains. Une peur nouvelle et différente me secoue des doigts de pieds aux cheveux et me tord la figure. Je décroche

ma pelle et j'essaye de creuser un trou. La pelle cogne une pierre sous le sable et je la jette au loin. Les hommes autour de moi sont étendus, immobiles. Seuls les morts, à la limite de la marée, roulent avec les vagues. »

Robert Capa, « Juste un peu flou »,
Paroles du Jour J, © Éditions Librio.

11 **a.** Qui est le narrateur ? A-t-il participé au débarquement ?
b. Quelle est la valeur du présent dans ce texte ? Le moment de l'énonciation coïncide-t-il avec le moment de l'action ? Quel effet produit l'emploi du présent ?

12 **a.** Relevez les éléments communs au texte de Giesbert et à celui de Capa. En quoi les textes se complètent-ils ?
b. Dans *L'Américain*, Franz-Olivier Giesbert écrit qu'il croit que son père, s'il l'avait pu, se serait agenouillé pour embrasser la terre de France. Relevez la phrase du texte de Capa en écho à ce passage : Capa a-t-il éprouvé la même envie ?
c. De quel sentiment éprouvé par le père de Giesbert la réaction de Capa est-elle la traduction ?

13 Rédigez la lettre que Robert Capa aurait pu écrire à un de ses amis pour raconter, après-coup, ce qu'il avait ressenti pendant le débarquement. Vous respecterez les codes du genre épistolaire.

14 Essayez de voir le film que mentionne le narrateur, *Le Jour le plus long* de Darryl F. Zanuck.

Écrire

Exprimer une opinion

15 Quel est le rôle d'un photographe de guerre ? En quoi le témoignage apporté par la photographie complète-t-il le témoignage écrit ? Montrez à partir du texte de Capa que le photographe de guerre est lui aussi aux prises avec le danger. Aimeriez-vous exercer ce métier ? Exprimez votre opinion en quelques lignes.

Se documenter

Le thème de la Libération

Les Américains ont débarqué et poursuivent leur marche vers la France. À la Libération, les bals fleurissent partout ainsi qu'en témoignent ces deux extraits.

• « À la Libération, les gens dansaient dans les rues. Ma mère m'avait offert une splendide robe de mousseline rose imprimée de fleurs tout à fait incongrue dans ma situation. Inconsciemment, je savais que j'avais perdu mon père et mon frère pour toujours, je n'avais envie ni de rire ni de chanter. »

Caroline.

Paroles d'étoiles, © Éditions Librio, septembre 2002.

• « Mais nous étions, avant tout, attirés par un spectacle dont nous savions qu'il n'allait pas durer tout l'automne, celui des bals dits de la Libération.

On leur avait attribué ce nom un peu pompeux, mais il s'agissait d'une série de fêtes de quartier données en plein jour aux carrefours des rues ou sur un rond-point, organisées parfois d'un jour sur l'autre, plus souvent par les riverains que par une autorité municipale quelconque. On installait des tréteaux, une vague estrade sur laquelle venait s'établir une maigre formation d'accordéonistes, et quand les musiciens faisaient défaut, des haut-parleurs servaient à renvoyer la musique d'un phonographe. On tendait des guirlandes en papier multicolore, on ressortait les accessoires des bals du 14 juillet qui n'avait pas été célébré depuis plusieurs années, des commerçants improvisaient une buvette, et les gens dansaient sur le trottoir et dans la rue au soleil de l'été finissant, dans une atmosphère de joyeuses retrouvailles. »

Philippe Labro, *Le Petit Garçon*,
© Éditions Gallimard, mars 1995.

Extrait 25

La Poursuite du bonheur

D. Kennedy

Douglas Kennedy, né en 1956, est journaliste et écrivain. La Poursuite du bonheur *a été publié en 2001.*

1945, Jack Malone est journaliste dans l'armée américaine et a participé à la découverte du camp de concentration de Dachau.

– Pendant les deux premières années du conflit, j'ai végété derrière un bureau au siège de Washington. Comme je les suppliais de m'envoyer sur le terrain, ils m'ont expédié à Londres… pour couvrir les activités du Commandement allié ! J'ai répété que je voulais aller sur le front mais on m'a dit que je devais attendre mon tour. Du coup, j'ai raté le Débarquement, la libération de Paris, la chute de Berlin, notre entrée en Italie, tous ces trucs balèzes qu'ils réservaient aux reporters plus gradés que moi, à partir de lieutenant. Tous des fils à papa qui sortaient des meilleures facs, soit dit en passant. Mais, à force de les tanner, ils ont fini par m'affecter à la VIIe armée, qui avançait alors sur Munich, et pour une expérience c'en était une… À peine arrivés là-bas, un bataillon a été envoyé dans un petit village à une dizaine de kilomètres de Munich et j'ai décidé d'y aller avec eux. Dachau, ça s'appelait. La mission était simple : libérer un pénitencier que les nazis avaient monté dans le coin. Le village était assez mignon, en soi. Pas trop touché par nos avions ni ceux de la RAF[1]. Des maisons coquettes, des jardins bien tenus, des rues toutes propres… Et à côté, ce camp. Tu en as entendu parler, de Dachau ?

1. Royal Air Force.

– Oui.

– Je t'assure qu'on n'a plus entendu un murmure dans les rangs dès que le bataillon a passé les portes. Ils s'attendaient à rencontrer une résistance de la part des gardiens mais ils s'étaient tous enfuis vingt minutes avant qu'on apparaisse. Et là, ce qu'ils… ce que « nous » avons vu… Il n'y a pas de mots pour ça. C'est au-delà de la description, et de la compréhension, et de la simple raison humaine. Tellement scandaleux, tellement épouvantable que ça en devenait irréel. Au point qu'en parler maintenant revient presque à le banaliser… Une heure après notre arrivée, le QG allié a donné l'ordre d'appréhender[2] tous les résidents adultes de Dachau. Le commandant de l'opération, un certain Dupree, de la Nouvelle-Orléans, a chargé deux sergents d'organiser la rafle.

C'était l'archétype[3] de la grande gueule sudiste, ce Dupree. Il n'arrêtait pas de rappeler à nous autres Yankees[4] qu'il sortait de l'Académie de la Citadelle, « le West Point des Confédérés », et j'étais persuadé qu'il n'y avait pas plus dur à cuire que lui. Mais quand il est revenu de son tour d'inspection au camp il était livide. Et il avait du mal à parler. Enfin, il a dit aux sergents de prendre quatre hommes chacun, de frapper à toutes les portes et de regrouper dans la rue tous les habitants âgés de plus de seize ans. « Hommes et femmes, sans exception. » Ensuite, ils devaient les mettre en rang, en une seule file, et les conduire au camp. Comme un des sous-officiers levait la main, il lui a donné la parole d'un geste. « Et s'il y a des signes de résistance, mon commandant ? – Assurez-vous qu'il n'y en ait aucun, Davis. Par tous les moyens qui s'avéreraient nécessaires. »

En fait, aucun de ces braves gens n'a bronché devant l'armée américaine. Quand nos hommes leur ont ordonné de quitter

| **2.** Arrêter. | **3.** Modèle. | **4.** Américains du Nord des États-Unis.

leur domicile, ils sont tous sortis avec les mains sur la tête. Certaines femmes avaient des enfants dans les bras et suppliaient nos gars dans une langue qu'ils ne comprenaient pas, mais il était clair qu'elles redoutaient le pire de notre part. Une des plus jeunes mères – elle devait avoir à peine dix-huit ans, avec un bébé minuscule serré contre elle – s'est jetée littéralement à mes pieds en hurlant, en sanglotant. J'avais beau lui répéter « On ne va rien vous faire, on ne va rien vous faire », la peur l'avait rendue hystérique. Et comment le lui reprocher, d'ailleurs ? Au bout d'un moment, une femme plus âgée est sortie du rang, l'a relevée de force, l'a giflée et s'est mise à chuchoter frénétiquement dans son oreille. Ce qui a eu son effet puisque la petite a fini par réintégrer la file, toujours en pleurs mais silencieuse maintenant. Alors l'autre m'a jeté un regard craintif et elle a baissé la tête comme pour dire : « Elle s'est calmée, alors épargnez-nous, je vous en supplie ! » Moi, j'avais envie de hurler : « Vous épargnez ? On est américains, nous ! Pas des brutes ! Pas comme vous ! » Mais je suis resté coi[5], je lui ai fait signe de se tenir tranquille et j'ai repris mon rôle d'observateur.

Il a fallu près d'une heure pour tous les réunir dans la rue principale. Il devait y avoir quatre cents adultes dans cette colonne. Lorsqu'elle s'est ébranlée lentement, certains se sont mis à pleurer. Je suis sûr qu'ils s'attendaient à être abattus dès qu'ils arriveraient là-bas. Le trajet jusqu'au camp n'a pris que dix minutes. À peine plus d'un kilomètre. Dix minutes à pied séparaient ce joli petit village, où tout était si ridiculement propre et bien léché de l'horreur absolue. C'est ce qui rendait le camp encore plus incroyable et monstrueux : de savoir que la vie normale avait continué si près de ses barbelés…

5. Silencieux.

Camp de concentration d'Auschwitz, 27 janvier 1945.

Quand nous avons atteint la porte principale, le commandant Dupree nous attendait. Le sergent Davis lui a demandé ses instructions pour les villageois. « Vous les faites marcher dans le camp, tout le camp. Ce sont les ordres exprès que nous avons reçus du QG. Il paraît qu'ils viennent d'Ike[6] en personne. Ils doivent tout voir, tout. Ne leur épargnez rien. – Et après, mon commandant ? – Vous les laissez partir. »

6. Eisenhower.

Les soldats ont suivi les instructions à la lettre. Ils ont escorté ces gens dans les moindres recoins de cette saleté de camp. Les baraquements aux sols couverts d'excréments. Les fours. Les tables de dissection. Les tas d'ossements et de crânes empilés devant le crématoire. Et pendant cette sinistre visite guidée, les survivants de Dachau, environ deux cents malheureux, sont restés en silence sur l'esplanade. On aurait dit des morts vivants tant ils étaient maigres. Mais aucun des villageois ne les a regardés directement. La plupart d'entre eux gardaient obstinément les yeux au sol. Et ils étaient aussi muets que les rescapés.

Et puis l'un d'eux a craqué. Un type d'une cinquantaine d'années, bien nourri, bien habillé, chaussures cirées, montre en or au gousset. Le genre banquier. En une seconde, il a été secoué de sanglots violents. Sans laisser le temps à l'escorte de réagir, il a quitté la file et s'est dirigé en titubant vers Dupree. Deux de nos gars l'ont aussitôt couché en joue mais le commandant leur a fait signe de remettre leur arme en bandoulière. Le bonhomme est tombé à genoux devant lui en pleurant et en répétant la même phrase sans arrêt. En allemand, bien sûr, mais il l'a dite si souvent qu'elle est restée gravée dans ma mémoire : « *Ich habe nichts davon gewußt... Ich habe nichts davon gewußt...* » Dupree l'a observé un moment, réellement saisi, puis il a fait appeler l'interprète affecté à l'opération. Un garçon un peu dans la lune, très timide, au regard fuyant. Il est venu se placer près du commandant, et cette fois ses yeux étaient aimantés par le banquier effondré. « Garrison, qu'est-ce qu'il raconte, nom de nom ? », a aboyé Dupree. L'autre n'avait presque plus de voix, de sorte que l'interprète a dû s'accroupir à côté de lui. Il s'est relevé au bout de quelques secondes. « Commandant, il dit : Je ne savais pas, je ne savais pas. » Dupree en est resté bouche bée. Soudain, il s'est penché, il a pris le gros bonhomme par les revers de son veston et l'a relevé jusqu'à ce qu'ils soient nez à nez. « Mon cul que tu ne savais pas ! » Il lui a craché en pleine figure et l'a repoussé loin de lui.

Le banquier a repris sa place. Pendant tout le reste de la visite, je l'ai surveillé du coin de l'œil. Pas une seule fois il n'a fait mine d'essuyer le crachat, et il continuait à marmonner son « *Ich habe nichts davon gewußt...* ». J'ai entendu un soldat qui disait à son passage : « Non, mais écoutez-moi ce foutu schleu[7] ! Il a perdu la boule ! » Moi, je ne pouvais m'empêcher de penser que ses balbutiements ressemblaient à un acte de contrition[8], ou à un *Ave Maria*, ou à n'importe quelle formule incantatoire que l'on se répète pour faire pénitence, exprimer un regret dévastateur, que sais-je... Et je me suis surpris à évoquer de la pitié pour lui. Dans sa dénégation, j'entendais : « Oui, je savais ce qui se passait dans ce camp, mais comme je ne pouvais rien y faire j'ai fermé les yeux. Et je me suis persuadé que la vie poursuivait son cours normal dans mon petit village... »

Jack a marqué une pause.

– Je te dirai quelque chose : je ne pense pas que je pourrai jamais oublier ce type bien nourri, bien habillé, avec son « *Ich habe nichts davon gewußt* ». Il demandait pardon, oui, et pour ça il invoquait l'argument le plus basique, le plus atrocement humain qu'on puisse avoir : nous tous, nous sommes prêts à faire n'importe quoi pour rester en vie.

Douglas Kennedy, *La Poursuite du bonheur*,
traduit de l'américain par Bernard Cohen,

7. Allemand, en argot.
8. Regret sincère pour une faute commise.

Extrait 26

L'Écriture ou la vie

J. Semprun

Jorge Semprun est né le 10 décembre 1923 à Madrid. Fuyant la guerre d'Espagne, sa famille s'exile à Paris en 1937. En 1941, il rejoint la Résistance, est arrêté en 1943 par la Gestapo et déporté au camp de Buchenwald. Après la guerre, tout en poursuivant une carrière politique, il écrit des romans et des scénarios. Il entre à l'Académie Goncourt en 1996.

Dans L'Écriture ou la vie, *paru en 1994, Semprun raconte son expérience à Buchenwald.*

Ils sont en face de moi, l'œil rond, et je me vois soudain dans ce regard d'effroi : leur épouvante.

Depuis deux ans, je vivais sans visage. Nul miroir, à Buchenwald. Je voyais mon corps, sa maigreur croissante, une fois par semaine, aux douches. Pas de visage, sur ce corps dérisoire. De la main, parfois, je frôlais une arcade sourcilière, des pommettes saillantes, le creux d'une joue. J'aurais pu me procurer un miroir, sans doute. On trouvait n'importe quoi au marché noir du camp, en échange de pain, de tabac, de margarine. Même de la tendresse, à l'occasion.

Mais je ne m'intéressais pas à ces détails.

Je voyais mon corps, de plus en plus flou, sous la douche hebdomadaire. Amaigri mais vivant : le sang circulait encore, rien à craindre. Ça suffirait, ce corps amenuisé mais disponible, apte à une survie rêvée, bien que peu probable.

La preuve d'ailleurs : je suis là.

Ils me regardent, l'œil affolé, rempli d'horreur.

Mes cheveux ras ne peuvent pas être en cause, en être la cause. Jeunes recrues, petits paysans, d'autres encore, portent innocemment le cheveu ras. Banal, ce genre. Ça ne trouble personne, une coupe à zéro. Ça n'a rien d'effrayant. Ma tenue, alors ? Sans doute a-t-elle de quoi intriguer : une défroque disparate[1]. Mais je chausse des bottes russes, en cuir souple. J'ai une mitraillette allemande en travers de la poitrine, signe évident d'autorité, ça rassure plutôt. Ma maigreur ? Ils ont dû voir pire, déjà. S'ils suivent les armées alliées qui s'enfoncent en Allemagne, ce printemps, ils ont déjà vu pire. D'autres camps, des cadavres vivants.

Ça peut surprendre, intriguer, ces détails : mes cheveux ras, mes hardes[2] disparates. Mais ils ne sont pas surpris, ni intrigués. C'est de l'épouvante que je lis dans leurs yeux.

Magda Frank, née en 1914, *Auschwitz*, dessin à la craie. Collection privée.

1. Sans harmonie.

2. Vêtements misérables.

Il ne reste que mon regard, j'en conclus, qui puisse autant les intriguer. C'est l'horreur de mon regard que révèle le leur, horrifié. Si leurs yeux sont un miroir, enfin, je dois avoir un regard fou, dévasté.

Ils sont sortis de la voiture à l'instant, il y a un instant. Ont fait quelques pas au soleil, dégourdissant les jambes. M'ont aperçu alors, se sont avancés.

Trois officiers, en uniforme britannique.

Un quatrième militaire, le chauffeur, est resté près de l'automobile, une grosse Mercedes grise qui porte encore des plaques d'immatriculation allemandes.

Ils se sont avancés vers moi.

Deux d'une trentaine d'années, blonds, plutôt roses. Le troisième, plus jeune, brun, arbore un écusson à croix de Lorraine[3] où est inscrit le mot « France ».

Je me souviens des derniers soldats français que j'ai vus, en juin 1940. De l'armée régulière, s'entend. Car des irréguliers, des francs-tireurs, j'en avais vu depuis : de nombreux. Enfin, relativement nombreux, assez pour en garder quelque souvenir.

Au « Tabou », par exemple, dans le maquis bourguignon, entre Laignes et Larrey.

Mais les derniers soldats réguliers de l'armée française, ce fut en juin 1940, dans les rues de Redon[4]. Ils étaient misérables, se repliant en désordre, dans le malheur, la honte, gris de poussière et de défaite, défaits. Celui-ci, cinq ans après, sous un soleil d'avril, n'a pas la mine défaite. Il arbore une France sur son cœur, sur la poche gauche de son blouson militaire. Triomphalement, joyeusement du moins.

Il doit avoir mon âge, quelques années de plus. Je pourrais sympathiser.

Il me regarde, effaré d'effroi.

3. Symbole de la France libre.

4. Ville située en Ille-et-Vilaine.

– Qu'y a-t-il ? dis-je, irrité, sans doute cassant. Le silence de la forêt qui vous étonne autant ?

Il tourne la tête vers les arbres, alentour. Les autres aussi, Dressent l'oreille. Non, ce n'est pas le silence. Ils n'avaient rien remarqué, pas entendu le silence. C'est moi qui les épouvante, rien d'autre, visiblement.

– Plus d'oiseaux, dis-je, poursuivant mon idée. La fumée du crématoire les a chassés, dit-on. Jamais d'oiseaux dans cette forêt…

Ils écoutent, appliqués, essayant de comprendre.

[…]

On peut toujours tout dire, en somme. L'ineffable[5] dont on nous rebattra les oreilles n'est qu'alibi. Ou signe de paresse. On peut toujours tout dire, le langage contient tout. On peut dire l'amour le plus fou, la plus terrible cruauté. On peut nommer le mal, son goût de pavot, ses bonheurs délétères[6]. On peut dire Dieu et ce n'est pas peu dire. On peut dire la rose et la rosée, l'espace tutélaire de la bonté. On peut dire l'avenir, les poètes s'y aventurent les yeux fermés, la bouche fertile.

On peut tout dire de cette expérience. Il suffit d'y penser. Et de s'y mettre. D'avoir le temps, sans doute, et le courage, d'un récit illimité, probablement interminable, illuminé – clôturé aussi bien entendu – par cette possibilité de se poursuivre à l'infini. Quitte à tomber dans la répétition et le ressassement. Quitte à ne pas s'en sortir, à prolonger la mort, le cas échéant, à la faire revivre sans cesse dans les plis et les replis du récit, à n'être plus que le langage de cette mort, à vivre à ses dépens, mortellement.

Mais peut-on tout entendre, tout imaginer ? Le pourra-t-on ? En auront-ils la patience, la passion, la compassion, la rigueur nécessaires ? Le doute me vient, dès ce premier instant,

5. Qui ne peut être exprimé. **6.** Nuisibles.

cette première rencontre avec des hommes d'avant, du dehors – venus de la vie –, à voir le regard épouvanté, presque hostile, méfiant du moins, des trois officiers.

Ils sont silencieux, ils évitent de me regarder.

Je me suis vu dans leur œil horrifié pour la première fois depuis deux ans. Ils m'ont gâché cette première matinée, ces trois zigues[7]. Je croyais m'en être sorti, vivant. Revenu dans la vie, du moins. Ce n'est pas évident. À deviner mon regard dans le miroir du leur, il ne semble pas que je sois au-delà de tant de mort.

Une idée m'est venue, soudain – si l'on peut appeler idée cette bouffée de chaleur, tonique, cet afflux de sang, cet orgueil d'un savoir du corps, pertinent –, la sensation, en tout cas, soudaine, très forte, de ne pas avoir échappé à la mort, mais de l'avoir traversée. D'avoir été, plutôt, traversé par elle. De l'avoir vécue, en quelque sorte. D'en être revenu comme on revient d'un voyage qui vous a transformé : transfiguré, peut-être.

J'ai compris soudain qu'ils avaient raison de s'effrayer, ces militaires, d'éviter mon regard. Car je n'avais pas vraiment survécu à la mort, je ne l'avais pas évitée. Je n'y avais pas échappé. Je l'avais parcourue, plutôt, d'un bout à l'autre. J'en avais parcouru les chemins, m'y étais perdu et retrouvé, contrée immense où ruisselle l'absence. J'étais un revenant, en somme.

Cela fait toujours peur, les revenants.

Jorge Semprun, *L'Écriture ou la vie*,

7. Hommes (populaire).

Repérer et analyser

La situation d'énonciation, l'événement et le cadre

1 En quoi l'ouvrage de Semprun est-il un ouvrage autobiographique ? Relevez-en les indices.

2 À quelle personne le récit de Douglas Kennedy est-il mené ? Qui est le personnage qui évoque ses souvenirs ?

3 Quel est l'événement raconté dans chacun des extraits ? Quel est le cadre ? En quoi s'agit-il d'un événement historique ?

Le récit des événements

Le point de vue

4 Montrez que dans chacun des extraits la scène est racontée selon un point de vue différent : avec qui Jack Malone arrive-t-il ? Quelle vision a-t-il ? Est-ce la même que celle de Semprun ? Pourquoi ?

La découverte de l'horreur

5 **a.** Jack Malone décrit-il précisément ce qu'il voit dans le camp ? Pour quelle raison ?

b. Relisez les lignes 85 à 95 : par quels procédés lexicaux et grammaticaux le narrateur traduit-il l'horreur de ce qu'il voit ?

c. Quelle image le personnage donne-t-il du village voisin ? Citez le texte. Montrez que l'horreur du camp est mise en relief par cette description.

d. Comment le sentiment d'horreur se traduit-il physiquement chez le commandant de l'opération ?

6 Comment se traduit-il chez les officiers qui rencontrent Jorge Semprun ?

La difficulté du témoignage

7 Selon Jack Malone, « il n'y a pas de mots pour ça » (l. 26-27). Jorge Semprun partage-t-il l'avis du personnage du roman ? Justifiez votre réponse en relevant des passages précis.

8 **a.** Quel effet l'anaphore « on peut dire » (l. 74 à 82) produit-elle ? Combien de fois cette expression est-elle répétée ? Quel est le pouvoir du langage ?

b. Quelle expression Semprun lui oppose-t-il au début du paragraphe suivant ? Que craint-il s'il parle ?
c. Qu'est-ce qui est le plus difficile selon lui : parler ou entendre et comprendre ? Pourquoi ?

Regards et sentiments

Semprun

9 **a.** Qu'éprouve Semprun sous les regards des officiers ? À quoi ce regard le renvoie-t-il ?
b. Quels sentiments éprouve-t-il envers les officiers ? Relevez-en des indices.
c. Comment Semprun se considère-t-il ? Comment justifie-t-il cette sensation ?
d. De quelle façon, dès lors, s'explique-t-il l'attitude des officiers à son égard ?

Les Américains et les villageois

10 Comment les Américains vont-ils tenter de combattre l'horreur ? Contre qui se retournent-ils ? Pourquoi ?
11 **a.** Quel regard les villageois portent-ils à leur tour sur le camp ?
b. De quelle façon « le banquier » craque-t-il ? Quelle excuse invoque-t-il ? Est-ce crédible ?

La visée

12 Que dénonce Jack Malone dans le dernier paragraphe ?
13 Quelle est la visée de chacun des textes ? En quoi l'écriture est-elle un mode d'accès à l'indicible et à la vérité humaine ?

Voir

La découverte des camps

14 Sur la découverte des camps, voici deux films parmi d'autres que vous pouvez voir : *Shoah* de Claude Lanzmann, et *Nuit et brouillard* d'Alain Resnais.

Extrait 27

Le Non de Klara

S. Aaron

Soazig Aaron est née à Rennes en 1949. Elle fait des études d'Histoire, travaille dans une librairie et se met à écrire. Elle publie Le Non de Klara *en 2002.*

Klara a été déportée et depuis la fin de la guerre, sa belle-sœur et amie, la narratrice, retourne régulièrement à l'hôtel Lutétia, lieu où sont amenés les déportés de retour des camps. Cet extrait est l'incipit du roman.

Dimanche 29 juillet 1945

Klara est revenue. Voilà, c'est écrit. Il faut que je l'écrive pour que ce soit plus vrai et pour y croire. Depuis trois jours, je ne suis certaine de rien. Klara est revenue. Ce cahier au mauvais papier est providentiel… sinon, tout va couler, je vais couler.

Nous parlons, oui. Nous parlons. À deux, à trois.
Alban, moi.
Klara, moi.
Alban, Klara.
Alban, Klara, moi.
Il n'empêche. Tout m'échappe.
Klara est revenue. Dans les dernières. Klara est revenue.
Klara, Klara, Klara.
Ce nom à dire et à redire pour savoir que c'est Klara, l'amie Klara, mon amie Klara, Klara la femme de mon frère, Klara la mère de Victoire.

Depuis vendredi, nous nous relayons auprès d'elle, Alban et moi, ici rue Richer[1]. Elle refuse de voir Victoire sa petite fille, et aussi Agathe qui a nourri et sauvé Victoire en juillet 1942.

Il y a comme une glace épaisse entre nous. Ce n'est pas qu'elle dise des choses insensées, pourtant, il y a de la folie autour d'elle. Tantôt elle parle vite, tantôt lentement sur un ton uni. À aucun moment elle n'est calme, même si le débit de sa voix est toujours monocorde. Elle martyrise le coussin à l'angle du divan ou bien elle marche dans le salon, elle ne reste jamais en place.

C'est tout de même étrange que je sois passée jeudi au Lutétia[2]. Il n'y avait plus beaucoup d'espoir, ils sont presque tous revenus, mais je me trouvais près de la rue de Sèvres[3], je me suis dit que je pouvais faire un saut, on ne sait jamais. Je pense aussi maintenant que pendant longtemps j'y serais retournée si je n'avais pas eu de certitude sur le sort de Klara. J'avais laissé nos coordonnées, le nom de Klara et sa photo, mais par acquit de conscience j'y passais régulièrement, ne serait-ce que pour y rencontrer d'autres qui auraient pu la connaître. C'est ce que font beaucoup, avec l'espoir toujours, et tous disent « on ne sait jamais » et moi, je le disais aussi.

Quand je suis entrée dans le hall, je n'ai plus pensé. J'ai senti que Klara était à… elle est là. Je ne la vois pas, mais elle est là. C'est bizarre. J'ai une bouffée de chaleur, mon cœur s'emballe, mes mains tremblent, je ne peux pas les arrêter. Tout le monde connaît cela.

Il n'y a que deux femmes assises et un jeune homme debout, un drôle de petit homme, au large dans une veste très bou-

1. Rue du IXe arrondissement de Paris.
2. Hôtel devenu un centre d'accueil pour les déportés.
3. Rue du VIe arrondissement de Paris.

tonnée, un pantalon noir assez fripé tombe sur des chaussures de montagne et une toute petite valise rouge entre. À côté, par terre, il y a comme un animal noir, un chien couché. Le garçon a les cheveux blonds très courts, il a des joues creuses et imberbes et d'immenses yeux, souvent ils ont de grands yeux. En tout cas, ces grands yeux me regardent, me fixent peut-être depuis un moment. C'est Klara. Elle ne bouge pas. Je me souviens de ses yeux. Fixes. Tout le monde dit les yeux, ce sont les yeux, quelque chose dans les yeux, on reconnaît. Je ne le croyais pas. Tous ceux que j'ai vu revenir, ceux en mauvais état, ceux qu'on ne reconnaît pas justement, ils ont les yeux vides, vides, si vides qu'à force d'être vides ils paraissent profonds. Alors on ne sait plus.

Camp de Penig-Langenleuba, (camp secondaire du camp de concentration de Buchenwald). Femme juive déportée, avril 1945.

Peut-être cela a-t-il duré longtemps. J'ai le souvenir d'être collée au sol, de ne penser à rien. Mes jambes ont dû faire les pas nécessaires pour la prendre dans mes bras, elle est toute raide, elle me laisse l'embrasser, je ne le fais qu'une fois, tout son corps dit non.

Je dois dire Klara, Klara, c'est tout. Cela pourrait être bête, ridicule même, je peux me tromper, et lui, le jeune homme ne rien dire, me prendre pour une folle. Je n'ai pas le temps d'y réfléchir parce que Klara dit, « bonjour, Angélika, comment vas-tu ». Sa voix est rauque. Je me souviens de sa voix douce, la douce Klara, l'entêtée Klara, mais douce.

Pendant que j'écris, je l'entends marcher dans le salon. Elle croit que je dors. Elle, elle ne dort pas. Elle sommeille un peu sur le divan quelques quarts d'heure de temps en temps, puis il y a une sorte de cri pas très fort, et tout de suite après elle reprend sa marche. En dépit du couloir qui nous sépare, je l'entends. Le plancher est trop sonore, je vais ramener des tapis de Trocadéro[4]. Elle ne veut pas occuper la chambre à côté du salon, elle n'a pas voulu de ma chambre non plus qui est plus calme que sur la rue.

Je n'ai rien imaginé, je ne suis pas préparée, elle est là et elle ne m'aide pas. Mes mains tremblent et je commence à claquer des dents. Alors, elle se baisse pour prendre la petite valise rouge et le chien. C'est un gros manteau noir. Elle dit, « on va partir ». Sa voix est sans timbre ou plutôt sans inflexion, je suis perdue. Pourtant je dis, « Il faut prévenir, il y a des choses à faire à la réception ». Elle, « laisse tomber, ils m'ont emmerdée assez ». Je sais, je sens que ce n'est pas Klara d'avant, mais devant tant de… comment qualifier cela ? Désinvolture,

4. Quartier de Paris, dans le XVIe arrondissement.

indifférence, rancœur, il y a de tout cela sans doute, je reprends mes esprits et je dis, comme je l'aurais dit auparavant, « tu m'attends dehors si tu veux, je vais arranger ça ».

Elle sort. Je trouve quelqu'un pour expliquer que Klara Schwarz-Roth part avec moi, que c'est ma belle-sœur, que nous avons laissé nos coordonnées, le docteur Naël et moi Solange Blanc, depuis des mois déjà, et que nous n'avons pas été prévenus. La fille cherche partout sur les listes sans trouver le nom de Klara, elle voit nos noms, mais pas celui de Klara. Je ressors, la fille sur mes talons. Klara regarde vers le boulevard, je dis, « on ne trouve pas ton nom Klara ». Elle ne se retourne même pas, elle dit, « Sarah Adler ». La fille dit, « ah, c'est vous ! ? ». Je retourne avec la fille, on reconsulte la liste et il y a Sarah Adler. Je suis un peu gênée, pas trop cependant, j'ai presque envie de rire parce qu'en me retournant, j'ai vu Klara hausser les épaules et je trouve cela comique. C'est ce qu'on s'exerçait à faire tous les trois en 38 pour ressembler aux Français.

La fille dit, « je crois qu'elle n'est pas très facile ». Je réponds, « ah ! bon… depuis combien de temps est-elle là ? ». C'est indiqué lundi 16 juillet, elle revient d'Auschwitz, mais rien ne correspond à rien, normalement elle aurait dû être là depuis au moins deux mois, elle n'est pas très coopérante, et en plus si elle a menti sur son état civil, c'est encore moins clair. Je dis, « c'est le nom de son père, il n'y a que le prénom de faux, enfin si on peut dire. Je ne vous connais pas, mais je suis venue ici, bénévole comme vous en avril et mai, et le docteur Naël vient encore quand il peut pour les consultations d'arrivée. Klara n'est pas une simulatrice, mais elle doit avoir ses raisons, vous savez comme moi combien ils sont bizarres ». Elle s'est détendue. « Je ne peux rien vous dire de plus, c'est une collègue qui connaît mieux le cas. Mais il faudra tirer au clair toute son histoire, vous comprenez pour les papiers, l'identité et tout le reste, savoir à quoi elle a droit. » Je promets.

Alban ira demain. Klara ne veut rien faire.

Je rejoins Klara. Elle n'a pas bougé, la petite valise rouge et le manteau-chien à ses pieds. Je dis, « pardonne-moi, Klara, mais il fallait le faire. On va prendre un taxi, on rentre à la maison, tu te sens bien ? Tu veux que je porte quelque chose ? ».

Elle : – Non. Oui ça va. C'est quoi la maison, tu n'habites plus comme avant.

Moi : – Tu as été rue Richer ?

Elle : – Oui. Il n'y avait personne. Les choses sur les fenêtres étaient mises.

Moi : – J'habite avec Alban et Victoire au Trocadéro, Victoire est grande, elle est adorable, elle va te plaire je suis sûre.

On est déjà sur le boulevard, elle marche bravement à mes côtés, il y a peu de monde sur le trottoir, ses chaussures font plach sur le macadam mou. Elle s'arrête pile. « Non che ne feux pas. » C'est juste à ce moment précis que je réentends l'accent de Klara – elle ne l'a jamais perdu ni en français ni en anglais – et aussi son élocution lente dont je ne me souviens pas. Pour temporiser, et parce que je crois à une difficulté de langue, je dis, « tu veux qu'on parle allemand ? ». Elle dit, « non, ça non plus, plus jamais, et che ne feux pas foir l'enfant ». Elle redépose son petit bagage rouge et le chien. Elle ne bouge plus et agite sa tête d'oiseau énergiquement, et c'est non, non, non, che ne feux pas foir cette enfant.

Soazig Aaron, *Le Non de Klara*,

Extrait 28

L'Écriture ou la vie

J. Semprun

Revenu du camp de Buchenwald, Semprun se retrouve à Paris.

Une bourrasque de neige, soudain, sur les drapeaux du 1er mai.

J'étais arrivé à Paris l'avant-veille. La nuit de mon retour, j'avais dormi rue du Dragon, chez Pierre-Aimé Touchard[1], dit « Pat ». Jusqu'à l'aube, nous avons parlé. Pour commencer, c'est moi qui lui posais des questions. J'avais une année de retard et je voulais tout savoir, c'est compréhensible. De sa voix lente et grave, d'une extrême douceur, Touchard répondait à mes questions. Les réponses qu'il me faisait confirmaient avec quelques précisions complémentaires, ce que m'avait déjà dit l'officier de René Char[2]. Je veux dire : l'officier qui m'avait fait connaître René Char.

Pat a eu la délicatesse de répondre à mes questions avec patience, sans m'en poser aucune. Sans doute a-t-il senti que je n'étais pas encore en état de répondre.

Pour mon malheur, ou du moins ma malchance, je ne trouvais que deux sortes d'attitudes chez les gens du dehors. Les uns évitaient de vous questionner, vous traitaient comme si vous reveniez d'un banal voyage à l'étranger. Vous voilà donc de retour ! Mais c'est qu'ils craignaient les réponses, avaient horreur de l'inconfort moral qu'elles auraient pu leur apporter. Les autres posaient des tas de questions superficielles, stupides – dans le genre : c'était dur, hein ? –, mais si on leur répondait, même succinctement, au plus vrai, au plus profond,

1. Homme de Lettres, qui fut administrateur de la Comédie Française.
2. Poète français (1907-1988).

opaque, indicible, de l'expérience vécue, ils devenaient muets, s'inquiétaient, agitaient les mains, invoquaient n'importe quelle divinité tutélaire[3] pour en rester là. Et ils tombaient dans le silence, comme on tombe dans le vide, un trou noir, un rêve.

Ni les uns ni les autres ne posaient les questions pour savoir, en fait. Ils les posaient par savoir-vivre, par politesse, par routine sociale. Parce qu'il fallait faire avec ou faire semblant. Dès que la mort apparaissait dans les réponses, ils ne voulaient plus rien entendre. Ils devenaient incapables de continuer à entendre.

Le silence de Pierre-Aimé Touchard était différent. Il était amical, ouvert à toute parole possible de ma part, spontanée. Ce n'était pas pour éviter mes réponses qu'il ne me questionnait pas, c'était pour me laisser le choix de parler ou de me taire.

Nous en étions là, lorsqu'une jeune fille est entrée dans la pièce où je parlais avec Pat. Je la reconnaissais, c'était sa belle-fille, Jeanine.

Elle m'a vu, elle s'est figée sur place. Comme si elle avait vu un revenant, aurait-on dit dans un roman de gare. Mais c'est qu'elle voyait vraiment un revenant. Et que la vie est comme un roman de gare, souvent.

– Tu vois, Jeanine, a dit Pierre-Aimé Touchard, tu vois qu'on en revient ?

J'en revenais, en effet. J'étais un revenant, ça me convenait. La jeune fille, alors, s'est mise à pleurer silencieusement, les deux mains croisées sur son visage.

– J'ai rencontré Yann, ai-je dit. Cet hiver, au début de l'hiver. Nous avons passé quelque temps ensemble à Buchenwald !

Yann Dessau était le fiancé de Jeanine. Il n'était pas encore revenu. Ce n'était pas encore un revenant. […]

3. Qui protège.

[…] Alors, sans l'avoir prémédité, sans l'avoir pour ainsi dire décidé – si décision il y avait, de ma part, c'était plutôt celle de me taire –, j'ai commencé à parler. Peut-être parce que personne ne me demandait rien, ne me posait de questions, n'exigeait de comptes. Peut-être parce que Yann Dessau ne reviendrait pas et qu'il fallait parler en son nom, au nom de son silence, de tous les silences milliers de cris étouffés. Peut-être parce que les revenants doivent parler à la place des disparus parfois, les rescapés à la place des naufragés.

Longuement, cette nuit-là, interminablement rue du Dragon, chez Pierre-Aimé Touchard, qui avait fait partie du groupe *Esprit* et qui avait été interne au lycée Henri-IV, pour ma première année d'exil ; longuement, dans une spirale de récit sans fin prévisible, j'ai parlé à la fiancée de Yann Dessau, qui n'était pas encore revenu, qui était peut-être parmi les naufragés de Neuengamme.

Jeanine s'était laissée tomber à genoux sur le tapis. Pierre-Aimé Touchard se recroquevillait dans son fauteuil.

J'ai parlé pour la première et dernière fois, du moins pour ce qui est des seize années suivantes. Du moins avec une telle précision dans le détail. J'ai parlé jusqu'à l'aube, jusqu'à ce que ma voix devienne rauque et se brise, jusqu'à en perdre la voix. J'ai raconté le désespoir dans ses grandes lignes, la mort dans son moindre détour.

Ça n'a pas été inutile, apparemment.

Yann Dessau est finalement revenu de Neuengamme. Sans doute faut-il parfois parler au nom des naufragés. Parler en leur nom, dans leur silence, pour leur rendre la parole.

Et le surlendemain, une brève bourrasque de neige s'est abattue sur les drapeaux du 1er mai.

Jorge Semprun, *L'Écriture ou la vie*,

Questions

Repérer et analyser

La situation d'énonciation

1 **a.** Qui le pronom « je » désigne-t-il dans chacun des textes ?
b. Le point de vue adopté est-il le même ?

2 **a.** À quel moment renvoie le présent « je ne suis certaine de rien » (l. 4) dans le texte de Soazig Aaron ?
b. Quelle est la valeur des présents dans le paragraphe qui va des lignes 18 à 27 ?

3 **a.** À quels genres de récits différents appartient chacun des deux textes ? Lequel est un roman fictif basé sur des faits réels, lequel un récit authentique de vie ? Quels en sont les indices ? Lequel se présente sous la forme d'un journal ?
b. Quelle est la valeur des temps du passé dans ces récits ?

Les références à l'Histoire

Les retrouvailles

4 À quel moment de la guerre ces extraits prennent-ils place ?

5 **a.** Qui sont Klara et Jorge Semprun ? D'où reviennent-ils ?
b. Qui a retrouvé Klara ? Où et comment ?
c. Pourquoi Klara est-elle allée au Lutétia ?

6 Semprun semble-t-il avoir fait le même parcours ?

Les sentiments des personnages

Angelika et Klara

7 Relisez les lignes 1 à 17 (« la mère de Victoire »). Par quels procédés (mise en page, lexique, type et forme de phrase) Angelika manifeste-t-elle l'émotion qu'elle ressent d'avoir retrouvé Klara ?

8 **a.** En quoi le ton sur lequel elle raconte ses retrouvailles avec Klara à l'hôtel Lutétia (l. 40 à 44 et 52 à 69) est-il différent de celui du début de son Journal ? Quel type de phrases emploie-t-elle ?
b. Lors de ces retrouvailles, laquelle des jeunes femmes semble la plus émue ? Comment cette attitude peut-elle s'expliquer ?

9 **a.** Quels sentiments traduit la phrase que prononce Klara « laisse tomber, ils m'ont emmerdée assez » (l. 85) ?

b. Dans quelle attitude Klara s'est-elle enfermée depuis son retour ? Quelle comparaison la narratrice emploie-t-elle pour définir cette attitude ? Que refuse-t-elle absolument ?
c. Que ressent Angélika devant cette attitude ?

Semprun
10 **a.** Que reproche Semprun aux gens qu'il rencontre ? En quoi l'attitude de Pierre-Aimé Touchard est-elle différente de celle des autres ?
b. Qu'apprécie le narrateur chez cet homme ? De quelles qualités fait-il preuve ?
11 **a.** Les réactions de Semprun sont-elles comparables à celles de Klara ? Relevez le terme, plusieurs fois répété, par lequel il se définit. Retrouvez dans l'extrait le passage où il utilise la même expression et dites quel sentiment traduit l'emploi de ce mot.
b. Peut-on appliquer ce terme à Klara ? Justifiez votre réponse.
12 Relevez le champ lexical de la parole lignes 56 à 85. Quel rôle Jorge Semprun assigne-t-il à la parole ? Pour quelle raison cette parole lui est-elle cependant difficile ?

La visée

13 À quel problème Klara et Semprun se heurtent-ils en revenant chez eux ? En quoi le retour du camp est-il lui aussi une épreuve ?

Écrire

14 Imaginez les questions qu'Angélika aurait aimé poser à Klara si cette dernière lui en avait laissé l'occasion.

Lire et comparer

***Le Testament français*, Andreï Makine**
Andreï Makine est né en Sibérie en 1957. Après avoir fait ses études et enseigné la philosophie, il débarque en France en 1987 et décide de se consacrer à l'écriture.
Le Testament français, publié en 1995, obtient les prix Goncourt et Médicis. La guerre a séparé la grand-mère du narrateur de son mari.

« Par un soir tiède de septembre, elle sortit de la maison et marcha dans la rue déserte. Avant la nuit, elle voulait cueillir, aux abords de la steppe[1], quelques tiges d'aneth[2] sauvage pour ses salaisons. C'est sur le chemin du retour qu'elle le vit... Elle portait un bouquet de longues plantes surmontées d'ombelles jaunes. Sa robe, son corps étaient emplis de la limpidité des champs silencieux, de lumière fluide du couchant. Ses doigts gardaient la senteur forte de l'aneth et des herbes sèches. Elle savait déjà que cette vie, malgré toute sa douleur, pouvait être vécue, qu'il fallait la traverser lentement en passant de ce coucher du soleil à l'odeur pénétrante de ces tiges, du calme infini de la plaine au gazouillement d'un oiseau perdu dans le ciel, oui, en allant de ce ciel à son reflet profond qu'elle ressentait dans sa poitrine comme une présence attentive et vivante. Oui, remarquer même la tiédeur de la poussière sur ce petit chemin qui menait vers Saranza...
Elle leva les yeux et le vit. Il marchait à sa rencontre, il était encore loin, au fond de la rue. Si Charlotte l'avait accueilli au seuil de la pièce, s'il avait ouvert la porte et était entré, comme elle imaginait cela depuis si longtemps, comme faisaient tous les soldats en revenant de la guerre, dans la vie ou dans les films, alors elle aurait sans doute poussé un cri, se serait jetée vers lui en s'agrippant à son baudrier, aurait pleuré...
Mais il apparut très loin, se laissant reconnaître peu à peu, laissant à sa femme le temps d'apprivoiser cette rue rendue méconnaissable par la silhouette d'un homme dont elle remarquait déjà le sourire indécis. Ils ne coururent pas, n'échangèrent aucune parole, ne s'embrassèrent pas. Ils croyaient avoir marché l'un vers l'autre pendant une éternité. La rue était vide, la lumière du soir reflétée par le feuillage doré des arbres – d'une transparence irréelle. S'arrêtant près de lui, elle agita doucement son bouquet. Il hocha la tête comme pour dire : « Oui, oui, je comprends. » Il ne portait pas de baudrier, juste un ceinturon à la boucle de bronze terni. Ses bottes étaient rousses de poussière.

1. Étendue de végétation que l'on trouve dans les régions de climat continental semi-arides.
2. Plante aromatique.

Charlotte habitait au rez-de-chaussée d'une vieille maison en bois. D'année en année, depuis un siècle, le sol s'élevait imperceptiblement, et la maison s'affaissait, si bien que la fenêtre de sa pièce dépassait à peine le niveau du trottoir… Ils entrèrent en silence. Fiodor posa son sac sur un tabouret, voulut parler, mais ne dit rien, toussota seulement, en portant ses doigts aux lèvres. Charlotte se mit à préparer à manger.

Elle se surprit à répondre à ses questions, à répondre sans y réfléchir (ils parlèrent du pain, des tickets de rationnement, de la vie à Saranza), à lui proposer du thé, à sourire quand il disait qu'il faudrait « affûter tous les couteaux dans cette maison. » Mais en participant à cette première conversation encore hésitante, elle était ailleurs. Dans une absence profonde où résonnaient des paroles toutes différentes : « Cet homme aux cheveux courts et comme saupoudrés de craie est mon mari. Je ne l'ai pas vu depuis quatre ans. On l'a enterré deux fois – dans la bataille de Moscou d'abord, puis en Ukraine. Il est là, il est revenu. Je devrais pleurer de joie. Je devrais… Il a les cheveux tout gris… » Elle devinait que lui aussi était loin de cette conversation sur les tickets de rationnement. Il était revenu quand les feux de la Victoire s'étaient depuis longtemps éteints. La vie reprenait son cours quotidien. Il revenait trop tard. Comme un homme distrait qui, invité au déjeuner, se présente à l'heure du dîner, en surprenant la maîtresse de maison en train de dire ses adieux aux derniers convives attardés. « Je dois lui paraître très vieille », pensa soudain Charlotte, mais même cette idée ne sut pas rompre l'étrange manque d'émotion dans son cœur, cette indifférence qui la laissait perplexe.

Elle pleura seulement quand elle vit son corps. Après le repas, elle chauffa de l'eau, apporta un bassin en zinc, la petite baignoire d'enfant qu'elle installa au milieu de la pièce. Fiodor se recroquevilla dans ce récipient gris dont le fond cédait sous le pied en émettant un son vibrant. Et tout en versant un filet d'eau chaude sur le corps de son mari qui, maladroitement, se frottait les épaules et le dos, Charlotte se mit à pleurer. Les larmes traversaient son visage dont les traits restaient immobiles, et elles tombaient, se mélangeant à l'eau savonneuse du bassin.

Ce corps était celui d'un homme qu'elle ne connaissait pas. Un corps criblé de cicatrices, de balafres – tantôt profondes, aux bords charnus, comme d'énormes lèvres voraces, tantôt à la surface lisse, luisante, comme la trace d'un escargot. Dans l'une des omoplates, une cavité était creusée – Charlotte savait quel genre de petits éclats griffus faisaient ça. Les traces roses des points de suture entouraient une épaule, se perdant dans la poitrine…

À travers ses larmes, elle regarda la pièce comme pour la première fois : une fenêtre au ras du sol, ce bouquet d'aneth venant déjà d'une autre époque de sa vie, un sac de soldat sur le tabouret près de l'entrée, des grosses bottes couvertes de poussière rousse. Et sous une ampoule nue et terne, au milieu de cette pièce à moitié enfouie dans la terre – ce corps méconnaissable, on eût dit déchiré par les rouages d'une machine. Des mots étonnés se formèrent en elle, à son insu : « Moi, Charlotte Lemonnier, je suis là, dans cette isba[3] ensevelie sous l'herbe des steppes, avec cet homme, ce soldat au corps lacéré de blessures, le père de mes enfants, l'homme que j'aime tant… Moi, Charlotte Lemonnier… »

Un des sourcils de Fiodor portait une large entaille blanche qui, s'amincissant, lui barrait le front. Son regard en paraissait constamment surpris. Comme s'il ne parvenait pas à s'habituer à cette vie d'après la guerre.

Il vécut moins d'un an… En hiver, ils déménagèrent dans l'appartement où, enfants, nous viendrions rejoindre Charlotte, chaque été. Ils n'eurent même pas le temps d'acheter la nouvelle vaisselle et les couverts. Fiodor coupait le pain avec le couteau ramené du front – fabriqué à partir d'une baïonnette… »

Andreï Makine, *Le Testament français*, Folio, Mercure de France, 1995.

15 **a.** Quelle atmosphère semble entourer les deux personnages ? Comparez-la à celle dans laquelle se retrouvent Klara et Semprun.
b. Comment chacun réagit-il devant l'autre ?

16 Comment expliquez-vous la phrase : « Il revenait trop tard » (l. 54-55) ? Cette phrase peut-elle s'appliquer aux deux autres rescapés ?

3. Habitation en rondins de bois des paysans russes.

Extrait 29

« Barbara »

J. Prévert

Jacques Prévert (1900-1977) est un poète, parolier et scénariste français. Il rejoignit quelque temps les surréalistes avant de s'éloigner du mouvement, écrivit des pièces de théâtre et rédigea pour le cinéma des dialogues et scénarios (parmi lesquels ceux de Drôle de drame, Quai des Brumes *et* Les Enfants du Paradis). *En 1945, parut le recueil de poèmes* Paroles, *d'où est extrait* Barbara, *texte dans lequel Prévert dénonce la guerre et ses horreurs. Ce poème fut mis en musique par Joseph Kosma et interprété entre autres par Yves Montand et Barbara.*

Rappelle-toi Barbara
Il pleuvait sans cesse sur Brest ce jour-là
Et tu marchais souriante
Épanouie ravie ruisselante
Sous la pluie
Rappelle-toi Barbara
Il pleuvait sans cesse sur Brest
Et je t'ai croisée rue de Siam
Tu souriais
Et moi je souriais de même
Rappelle-toi Barbara
Toi que je ne connaissais pas
Toi qui ne me connaissais pas
Rappelle-toi
Rappelle-toi quand même ce jour-là
N'oublie pas
Un homme sous un porche s'abritait

Et il a crié ton nom
Barbara
Et tu as couru vers lui sous la pluie
Ruisselante ravie épanouie
Et tu t'es jetée dans ses bras
Rappelle-toi cela Barbara
Et ne m'en veux pas si je te tutoie
Je dis tu à tous ceux que j'aime
Même si je ne les ai vus qu'une seule fois
Je dis tu à tous ceux qui s'aiment
Même si je ne les connais pas
Rappelle-toi Barbara
N'oublie pas
Cette pluie sage et heureuse
Sur ton visage heureux
Sur cette ville heureuse
Cette pluie sur la mer
Sur l'arsenal
Sur le bateau d'Ouessant
Oh Barbara
Quelle connerie la guerre
Qu'es-tu devenue maintenant
Sous cette pluie de fer
De feu d'acier de sang
Et celui qui te serrait dans ses bras
Amoureusement
Est-il mort disparu ou bien encore vivant
Oh Barbara
Il pleut sans cesse sur Brest
Comme il pleuvait avant
Mais ce n'est plus pareil et tout est abîmé
C'est une pluie de deuil terrible et désolée
Ce n'est même plus l'orage

Les faubourgs de Brest en ruine, 1944. Char américain.

De fer d'acier de sang
Tout simplement des nuages
Qui crèvent comme des chiens
Des chiens qui disparaissent
Au fil de l'eau sur Brest
Et vont pourrir au loin
Au loin très loin de Brest
Dont il ne reste rien.

Jacques Prévert, « Barbara », in *Paroles*,

Questions

Repérer et analyser

La situation d'énonciation et la structure

1 À qui le pronom de la première personne renvoie-t-il ? Qui est le destinataire du poème ? Par quels mots est-il désigné ? Comment le poète a-t-il appris son nom ?

2 À qui les pronoms personnels « il » et « lui » (v. 18 et 20) renvoient-ils ?

3 Quelle remarque faites-vous sur la longueur des vers ?

4 **a.** Sur quelle opposition le poème repose-t-il ? Appuyez-vous sur les temps verbaux (présent, passé) et sur les indices temporels.

b. Quel est le vers qui marque le passage d'une partie à l'autre ? Quel est le niveau de langage utilisé dans ce vers ? Quel est l'effet produit ?

c. Quels sont les vers qui se répètent au cours du poème ?

L'amour et la guerre

5 **a.** À quelle scène le poète a-t-il assisté ? Dans quelle ville et dans quel lieu ?

b. Relevez les mots qui, associés à cette scène, appartiennent au champ lexical du bonheur. Pourquoi les personnages sont-ils heureux ?

6 **a.** Dans la seconde partie, quel retournement s'est opéré pour les personnages, et pour le paysage ? Quelle en est la cause ? Relevez le champ lexical de la violence et de la désolation.

b. Quel effet produisent les sonorités des vers 40-41 ?

7 En quoi la pluie est-elle associée au bonheur ou au malheur ? Pour répondre, relevez les vers où le mot « pluie » apparaît. Dans quels vers est-il utilisé au sens propre ? et au sens métaphorique ? À quelle réalité les métaphores renvoient-elles ?

8 Sur quel mot se termine le poème ? Quel effet produit-il ?

La visée

9 **a.** Relevez les verbes à l'impératif. Quel appel le poète lance-t-il à Barbara ?

b. En quoi ce poème est-il une dénonciation de la guerre ? Quels ravages provoque-t-elle ?

Extrait 30

L'Ami retrouvé

F. Uhlman

Le passage se situe vers la fin du roman. Le narrateur, Hans, a quitté l'Allemagne à l'âge de seize ans et vit depuis trente ans aux États-Unis.

C'est ainsi que je suis venu en Amérique, où je vis depuis trente ans.

Lorsque j'y arrivai, j'allai au collège, puis à l'université de Havard, où j'étudiai le droit. Cette idée m'avait fortement déplu. Je voulais être poète, mais le cousin de mon père ne supportait pas que l'on déraisonnât. « La poésie, la poésie, avait-il dit, te prends-tu pour un nouveau Schiller[1] ? Combien un poète gagne-t-il ? D'abord, tu étudieras le droit. Ensuite, tu pourras écrire autant de poèmes que tu voudras en temps perdu. »

J'étudiai donc le droit, devins avocat à vingt-cinq ans et épousai une jeune fille de Boston, dont j'ai un enfant. En tant qu'avocat, je ne m'en suis pas « trop mal tiré », comme disent les Anglais, et la plupart des gens en conviendraient.

En apparence, ils auraient raison. J'ai « tout » ce qu'on peut souhaiter : un appartement donnant sur Central Park, des voitures, une maison de campagne, j'appartiens à plusieurs clubs juifs, et ainsi de suite. Mais je sais à quoi m'en tenir. Je n'ai jamais réalisé ce que je voulais vraiment : écrire un bon livre et *un* bon poème. Au début, je manquais de courage pour me mettre à l'œuvre parce que je n'avais pas d'argent, je n'en ai pas le courage parce que je manque de confiance. De sorte

1. Écrivain allemand (1759-1805).

que, dans mon for intérieur, je me considère comme un raté. Non que cela importe vraiment. *Sub specie aeternitatis*, nous sommes tous, sans exception, des ratés. Je ne sais où j'ai lu que « la mort sape notre confiance dans la vie en nous montrant qu'en fin de compte tout est également futile devant les ténèbres finales ». Oui, « futile » est le mot approprié. Je ne dois pourtant pas me plaindre ; j'ai plus d'amis que d'ennemis et il y a des moments où je suis presque heureux de vivre : quand je regarde le soleil se coucher et la lune se lever, ou lorsque je vois la neige au sommet des montagnes. Et il y a d'autres compensations, quand je suis à même d'exercer l'influence que je puis avoir pour une cause que je crois bonne : l'égalité raciale ou l'abolition de la peine capitale, par exemple. J'ai été satisfait de ma réussite financière parce qu'elle m'a permis de faire quelque chose pour aider les Juifs à édifier Israël et les Arabes à établir certains de leurs réfugiés. J'ai même envoyé de l'argent en Allemagne.

Mes parents sont morts, mais je suis heureux de dire qu'ils n'ont pas fini à Belsen. Un jour, un nazi fut posté devant le cabinet de consultation de mon père, portant cet écriteau : « Allemands, prenez garde. Évitez tous les Juifs. Quiconque a affaire à un Juif est souillé. » Mon père revêtit son uniforme d'officier, arbora toutes ses décorations, y compris la Croix de fer de première classe, et de mit en faction à côté du nazi. Le nazi devint de plus en plus embarrassé et une foule s'assembla peu à peu. Les gens se tinrent d'abord silencieux, mais comme leur nombre allait croissant, il y eut des murmures qui éclatèrent finalement en railleries agressives.

Mais c'était au nazi que s'adressait leur hostilité et c'est le nazi qui plia bientôt bagage et disparut. Il ne revint pas et ne fut pas remplacé. Quelques jours plus tard, alors que ma mère dormait, mon père ouvrit le gaz et c'est ainsi qu'ils moururent. Depuis leur mort, j'ai, autant que possible évité de rencontrer des Allemands et n'ai pas ouvert un seul livre allemand, pas même Hölderlin[2]. J'ai essayé d'oublier.

Bien entendu, quelques Allemands ont inévitablement croisé mon chemin, de braves gens qui avaient fait de la prison pour s'être opposés à Hitler. Je me suis assuré de leur passé avant de leur serrer la main. Il faut être prudent avant d'accepter un Allemand. Qui sait si celui auquel on parle n'a pas trempé ses mains dans le sang de vos amis ou de votre famille ? Mais, pour ceux-là, aucun doute n'était possible. En dépit de leurs états de services dans la résistance, ils ne pouvaient s'empêcher d'éprouver un sentiment de culpabilité et j'en avais du regret pour eux. Mais, même avec eux, je prétendais avoir du mal à parler allemand.

C'est là une sorte de façade protectrice que j'adopte presque inconsciemment (inconsciemment dans une certaine mesure, pourtant) quand il me faut converser avec un Allemand. Naturellement, je parle encore parfaitement bien la langue, en faisant la part de mon accent américain, mais je déteste l'employer.

Fred Uhlman, *L'Ami retrouvé*, traduction de Léo Lack,

2. Poète allemand (1770-1843).

Questions

Repérer et analyser

La situation d'énonciation et les circonstances

1 **a.** À quel moment les verbes conjugués au présent renvoient-ils ? Quelle est la valeur de ce présent ?
b. À quelle période du passé renvoient les verbes au passé simple « arrivai » et « allai » (l. 3) ?
c. À quel moment précis se rapporte le passé simple des verbes « revêtit », « arbora » et « ouvrit » (l. 44, 45 et 54) ?
d. Comment les temps présent et passé se mêlent-ils dans le texte ?

2 **a.** Dans quel pays le narrateur vit-il ? Depuis combien de temps ?
b. Dites en quoi la vie du narrateur a été liée aux événements historiques.

Le parcours du narrateur

Les parents

3 Le narrateur évoque la mort de ses parents dans ce passage.
a. Comment sont-ils morts ? Que symbolise leur mort ?
b. Le narrateur en a-t-il été le témoin direct ? Pourquoi ?
c. Quelles précisions cette évocation apporte-t-elle à la lettre de Conrad que vous avez lue (p. 124) ?
d. Expliquez la phrase : « je suis heureux de dire qu'ils n'ont pas fini à Belsen » (l. 40-41) ? Qu'y a-t-il néanmoins d'ironique et de tragique dans la façon dont ils sont morts ?

4 **a.** Comment expliquez-vous qu'il accorde à cet événement plus de place qu'à l'évocation de son parcours personnel ?
b. Quelles ont été les conséquences de cette mort sur l'avenir et la psychologie du narrateur ?

Le parcours personnel

5 **a.** Relevez les marques de la réussite du narrateur. Quels domaines concerne-t-elle ?
b. Quelles sont les points positifs, à ses yeux, de cette réussite ? Que lui a-t-elle permis de faire ?
c. Est-il heureux ? Relevez la phrase qui l'indique.

6 « J'ai essayé d'oublier » (l. 57) : que signifie en réalité cette expression ? Quels mots introduisent une restriction quant à la valeur qu'il accorde à sa réussite ? Comment explique-t-il cette restriction ? Comment se considère-t-il ? Pourquoi ?

7 **a.** Quelles étaient ses ambitions ? Quels obstacles ont empêché leur réalisation ?

b. Classez ces obstacles selon qu'ils dépendaient de lui ou non. Lequel vous semble le plus important ? Pourquoi ?

8 **a.** Quelle attitude le narrateur adopte-t-il envers tout ce qui évoque l'Allemagne ?

b. Comment se conduit-il vis-à-vis des Allemands qu'il est susceptible de rencontrer ? Que prétend-il même ?

La visée

9 **a.** Un autre personnage, dans les extraits précédents, refuse lui aussi de parler à nouveau allemand ; recherchez de qui il s'agit et citez la phrase précise qu'il prononce.

b. Comment cette attitude se justifie-t-elle ?

10 À partir des réponses précédentes, montrez que le narrateur est lui aussi une victime du nazisme.

Extrait 31

Transfert des cendres de Jean Moulin au Panthéon

A. Malraux

André Malraux (1901-1976) est un écrivain et homme politique français. Il fréquente très jeune les milieux littéraires. Dès 1936, il s'engage aux côtés des Républicains espagnols. En 1940, il rejoint l'armée française. Il réussit à s'enfuir et gagne la zone libre où il rejoint la Résistance en 1943. Il rencontre le général de Gaulle en 1945 à qui il restera toujours fidèle. Il sera nommé Ministre d'État chargé des affaires culturelles en 1959. C'est lui qui, à l'occasion du transfert des cendres de Jean Moulin au Panthéon, prononce le discours en hommage au grand Résistant le 19 décembre 1964.

Jean Moulin (1899-1943) devient préfet d'Eure et Loire en juillet 1939. Dès 1941, il rejoint la France libre de de Gaulle qui le charge d'unifier les mouvements de Résistance en France. Pour accomplir cette tâche, il revient en France et fonde en mai 1943 le Conseil National de la Résistance. Le 21 juin 1943, il est arrêté par la Gestapo et torturé à Lyon. Il meurt, sans avoir parlé, le 8 juillet 1943 lors de son transfert en Allemagne. L'extrait suivant se situe à la fin du discours d'André Malraux.

Jean Moulin à Montpellier vers 1939-1940.

[...] Mais voici la victoire de ce silence atrocement payé : le destin bascule. Chef de la Résistance martyrisé dans des caves hideuses, regarde de tes yeux disparus toutes ces femmes noires qui veillent nos compagnons : elles portent le deuil de la France, et le tien. Regarde glisser sous les chênes nains du Quercy, avec un drapeau fait de mousselines nouées, les maquis que la Gestapo ne trouvera jamais parce qu'elle ne croit qu'aux grands arbres. Regarde le prisonnier qui entre dans une villa luxueuse et se demande pourquoi on lui donne une salle de bains – il n'a pas encore entendu parler de la baignoire. Pauvre roi supplicié des ombres, regarde ton peuple d'ombres se lever dans la nuit de juin constellée de tortures.

Voici le fracas des chars allemands qui remontent vers la Normandie à travers les longues plaintes des bestiaux réveillés : grâce à toi, les chars n'arriveront pas à temps. Et quand la trouée des Alliés commence, regarde, préfet[1], surgir dans toutes les villes de France les commissaires de la République – sauf lorsqu'on les a tués. Tu as envié, comme nous, les clochards épiques de Leclerc[2] : regarde, combattant, tes clochards sortir à quatre pattes de leurs maquis de chênes, et arrêter avec leurs mains paysannes formées aux bazookas l'une des premières divisions cuirassées de l'empire hitlérien, la division Das Reich.

Comme Leclerc entra aux Invalides[3], avec son cortège d'exaltation dans le soleil d'Afrique et les combats d'Alsace, entre ici, Jean Moulin, avec ton terrible cortège. Avec ceux qui sont morts dans les caves sans avoir parlé, comme toi ; et même, ce qui est peut-être plus atroce, en ayant parlé ; avec tous les rayés et tous les tondus des camps de concentration, avec le dernier

1. Jean Moulin fut préfet d'Eure et Loire.
2. Philippe Marie de Hauteclocque, dit Leclerc, est l'un des premiers officiers à rejoindre de Gaulle, qui le chargera de former la deuxième DB.
3. Leclerc fut inhumé aux Invalides.

corps trébuchant des affreuses files de *Nuit et Brouillard*[4], enfin tombé sous les crosses ; avec les huit mille Françaises qui ne sont pas revenues des bagnes, avec la dernière femme morte à Ravensbruück pour avoir donné asile à l'un des nôtres. Entre, avec le peuple né de l'ombre et disparu avec elle – nos frères dans l'ordre de la Nuit… Commémorant l'anniversaire de la Libération de Paris, je disais : « Écoute ce soir, jeunesse de mon pays, ces cloches d'anniversaire qui sonneront comme celles d'il y a quatorze ans. Puisses-tu cette fois, les entendre : elles vont sonner pour toi. »

L'hommage d'aujourd'hui n'appelle que le chant qui va s'élever maintenant, ce *Chant des partisans* que j'ai entendu murmurer comme un chant de complicité, puis psalmodier dans le brouillard des Vosges et les bois d'Alsace, mêlé au cri perdu des moutons des tabors, quand les bazookas de Corrèze avançaient à la rencontre des chars de Rundstedt[5] lancés de nouveau contre Strasbourg. Écoute aujourd'hui, jeunesse de France, ce qui fut pour nous le Chant du malheur. C'est la marche funèbre des cendres que voici. À côté de celles de Carnot[6] avec les soldats de l'an II, de celles de Victor Hugo avec les *Misérables*, de celles de Jaurès[7] veillées par la Justice, qu'elles reposent avec leur long cortège d'ombres défigurées. Aujourd'hui, jeunesse, puisses-tu penser à cet homme comme tu aurais approché tes mains de sa pauvre face informe du dernier jour, de ses lèvres qui n'avaient pas parlé ; ce jour-là, elle était le visage de la France…

André Malraux, « Transfert des cendres de Jean Moulin au Panthéon » in *Oraisons funèbres*, © Éditions Gallimard.

4. Allusion à un décret promulgué en décembre 1941 qui prévoit la déportation de tous les opposants à l'occupation nazie.
5. Maréchal allemand.
6. Révolutionnaire français, membre du comité du Salut public en 1793, il organisa les armées de la République.
7. Homme politique français qui s'opposa à la guerre et fut assassiné le 31 juillet 1914.

Repérer et analyser

La situation d'énonciation et la structure

L'apostrophe est une figure de style par laquelle on interpelle directement le destinataire d'un discours.

1 De quel type de texte s'agit-il ?

2 **a.** Qui est l'énonciateur ? Relevez les indices de sa présence.

b. À qui l'énonciateur s'adresse-t-il dans les paragraphes 1 à 3 et dans le dernier paragraphe ? Relevez les apostrophes qui désignent les destinataires.

c. Quel rapport le tutoiement introduit-il entre l'énonciateur et les destinataires ? En quoi ce rapport est-il différent selon le destinataire ?

3 « Entre ici » : à quel lieu l'adverbe « ici » renvoie-t-il ?

L'hommage et les procédés rhétoriques

4 De quoi l'énonciateur enjoint-il ses destinataires ? Appuyez-vous sur les modes verbaux.

5 Combien de fois le verbe « regarder » est-il répété ? En quoi s'agit-il d'une anaphore ? Quel est l'effet produit ?

6 Par quels procédés Malraux souligne-t-il que Jean Moulin est de la lignée des héros de la liberté ? Appuyez-vous sur les différents groupes nominaux qui le désignent.

7 Relevez les oppositions entre les mots qui évoquent la puissance de l'Allemagne et ceux qui renvoient au champ lexical du silence et de l'ombre. En quoi cette antithèse met-elle en valeur l'action des Résistants ?

8 **a.** Relisez le troisième paragraphe : quelles sont toutes les personnes que Jean Moulin entraînera dans son sillage en entrant au Panthéon ? Appuyez-vous sur les différents termes de l'énumération. Par quelle anaphore chacun des termes sont-ils mis en relief ?

b. Observez l'ordre des termes qui constituent l'énumération. Quel effet l'énonciateur cherche-t-il à produire ?

9 À qui Malraux compare-t-il Jean Moulin ? Justifiez le choix de cette comparaison.

La visée

10 Récapitulez les procédés utilisés par l'énonciateur pour inspirer l'horreur et la pitié de l'auditoire ?

11 À qui Malraux veut-il transmettre la mémoire de cette époque ? Pourquoi ?

12 Quelle est la visée de ce discours ?

Lire

Le devoir de mémoire

13 Sur le thème du devoir de mémoire, lisez le poème d'Elie Wiesel, *La Nuit*.

Lire et comparer

***Le Chant des partisans*, Joseph Kessel et Maurice Druon**

Le Chant des partisans a été écrit à Londres en 1943 et est devenu immédiatement l'hymne de la Résistance française. Les paroles sont de Joseph Kessel et Maurice Druon, la musique d'Anna Marly.

Ami entends-tu
Le vol noir des
corbeaux
Sur nos plaines.
Ami entends-tu
Les cris sourds du
pays
Qu'on enchaîne,
Ohé partisans
Ouvriers et paysans
C'est l'alarme !
Ce soir l'ennemi
Connaîtra le prix du
sang
Et des larmes…

Montez de la mine,
Descendez des
collines,
Camarades.
Sortez de la paille
Les fusils, la mitraille,
Les grenades.
Ohé ! les tueurs
À la balle et au
couteau
Tuez vite !
Ohé ! saboteurs
Attention à ton
fardeau…
Dynamite…

C’est nous qui brisons
Les barreaux des
prisons
Pour nos frères.
La haine à nos
trousses
Et la faim qui nous
pousse,
La misère,
Il y a des pays
Où les gens au creux
des lits
Font des rêves.
Ici, nous vois-tu
Nous on marche et
nous on tue
Nous on crève…

Ici, chacun sait
Ce qu'il veut, ce qu'il
fait
Quand il passe
Ami, si tu tombes,
Un ami sort de l'ombre
À ta place.
Demain du sang noir
Séchera au grand
soleil
Sur les routes.
Chantez compagnons,
Dans la nuit, la liberté
Nous écoute…

Ami, entends-tu
Les cris sourds du
pays qu'on
Enchaîne !…
Ami, entends-tu
Le vol noir des
corbeaux sur nos
Plaines

Le Chant des partisans, © Raoul Breton.

14 **a.** Qui sont les destinataires de ce chant ? Relevez les termes qui les désignent.
b. Retracez leur parcours. Quel est le moteur de leur action ? Quelle mission se sont-ils assignée ?
15 De quoi « le vol noir des corbeaux sur la plaine » est-il la métaphore ?
16 Quelles phrases et expressions traduisent la fraternité et la solidarité de ceux qui résistent ?
17 À qui ce chant rend-il hommage ? Dites en quoi il répond à ce qu'en dit Malraux à la fin de son discours.

Index des rubriques

Repérer et analyser

Se documenter

Écrire

Enquêter

Lire et comparer

Lire

Voir

Étudier une image

Table des illustrations

Iconographie : Hatier Illustration/Édith Garraud
Graphisme : mecano-Laurent Batard
Mise en page : ALINÉA

Achevé d'imprimer par Mame à Tours - France
Dépôt légal n° 57181 - Mars 2005